ふと口ずさみたくなる日本の名詩

郷原 宏 選著

角川春樹事務所

本文デザイン／五十嵐 徹
（芦澤泰偉事務所）

ふと口ずさみたくなる日本の名詩

目次

ひとを恋う心

伝えたい想い

心さびしい日に

季節のなかで

哀しみのとき

生きるよろこび

漂泊へのあこがれ

言葉とあそぶ

はじめに

詩は音楽です。言葉という音符によってつくられた音楽です。音数の定まった文語定型詩だけではありません。決まった形式をもたない口語自由詩にも、行分けのない散文詩にも、それぞれ固有のリズムがあり、メロディがあり、シンフォニィがあります。そうした言葉の音楽が、意味やイメージと一体になって、詩という甘美な、あるいは悲痛な言語空間をつくりあげているのです。

言葉の音楽は黙読しただけでも聞き取れますが、声に出して読むと、もっとよく聞こえるようになります。そして繰り返し音読すると、その詩に対する親しみと理解がさらに深まります。演奏家が原曲を弾きこなすことによって自分の音をつくりあげていくように、読者は読みこなすことによってその詩を自分のものにすることができるのです。

　この本は、明治から平成まで、島崎藤村から荒川洋治まで、約百年間の日本の詩のなかから、特に音読に適した名詩五十五篇（へん）を選んでテーマ別に編集したアンソロジィです。格調の高い文語定型詩もあれば、ユーモラスな言葉あそびの詩もあり、訳詩も含まれています。訳詩は日本の詩ではないと思われるかも知れませんが、少なくともここに選んだ五篇は、その訳者ならではの見事な日本語の詩になっていて、これを除外すべき理由は見あたりません。

　詩の表記は、原則として底本に従いました。ただし難しい漢字には（）付きのルビを付し、旧字は新字に改めました。詩のあとに簡単な解説と語釈を付けましたが、読者はあまり小さなことにこだわらず、頭から丸かじりするつもりで音読してください。何度も繰り返し音読することによって、網膜だけでなく声帯や鼓膜にも、いや体全体に詩を覚え込ませてください。そして時に応じてその記憶を取り出せるようになれば、あなたの語感はとぎすまされ、文章や会話の表現力は飛躍的に向上しているはずです。

もちろん、全部を暗誦(あんしょう)する必要はありません。まずひととおり目を通して、自分の好きな詩、好きな詩人を見つけることが先決です。そしてその一篇を暗誦し終えたら、巻末の「初出詩集及び底本一覧」を参考に、さらに深くその詩人の世界に分け入っていくのがいいと思います。

あなたの言語生活に詩神ミューズの祝福がありますように!

二〇〇二年十二月

郷原　宏

ひとを恋う心

人を恋ふる歌

与謝野寛

妻をめとらば才たけて
顔(みめ)うるはしくなさけある
友をえらばば書を読んで
六分の俠気(きょうき)四分の熱*1

恋のいのちをたづぬれば
名を惜(おし)むかなをとこゆゑ
友のなさけをたづぬれば
義のあるところ火をも踏む

くめやうま酒(ざけ)うたひめに
をとめの知らぬ意気地あり
簿記の筆とるわかものに
まことのをのこ君を見る

あゝわれコレッヂ[*2]の奇才なく
バイロン、[*3]ハイネ[*4]の熱なきも
石をいだきて野にうたふ
芭蕉(ばしょう)のさびをよろこばず

与謝野寛は東京新詩社の機関誌「明星」の主宰者として浪漫主義文学運動を展開し、のちに妻となった鳳晶子をはじめ、石川啄木、北原白秋、吉井勇など多くの詩歌人を育てたことで知られている。しかし、初めは鉄幹と号し、国士として奔走するかたわら、「虎剣調」「ますらをぶり」などと呼ばれる勇壮な詩歌を書いていた。これはその時代を代表する全十六連から成る長詩の冒頭。恋と友情と憂国をうたった悲憤慷慨調が旧制高校生などに支持され、明治・大正・昭和の三代にわたる日本男児の愛唱歌となった。

よさの・ひろし　明治六年（一八七三）～昭和十年（一九三五）。京都市生まれ。詩歌集に『東西南北』『天地玄黄』などがある。

＊1　六分の侠気四分の熱＝侠気は強きをくじき弱きを助ける心だて、熱は物事に打ち込む情熱。その割合が六対四くらいの男がいい。

＊2　コレッヂ＝コールリッジ、英国ロマン派の詩人、一七七二～一八三四。

＊3　バイロン＝英国ロマン派の詩人、一七八八～一八二四。

＊4　ハイネ＝ドイツの抒情詩人、一七九七～一八五六。

ミラボー橋(ばし)

アポリネール
堀口大學(ほりぐちだいがく)（訳）

ミラボー橋の下をセーヌ河が流れ
　われ等(ら)の恋が流れる
　わたしは思ひ出す
悩みのあとには楽(たの)しみが来ると

　　日も暮れよ　鐘も鳴れ
　　月日は流れ　わたしは残る

手と手をつなぎ顔と顔を向け合(あ)はう

かうしてゐると
われ等の腕の橋の下を
疲れた無窮(むきゆう)の時が流れる

日も暮れよ　鐘も鳴れ
月日は流れ　わたしは残る

流れる水のやうに恋も死んでゆく
恋もまた死んでゆく
生命(いのち)ばかりが長く
希望ばかりが大きい

日も暮れよ　鐘も鳴れ
月日は流れ　わたしは残る

日が去り月が行き
過ぎた時も
昔の恋もふたたびは帰らない
ミラボー橋の下をセーヌ河が流れる

日も暮れよ　鐘も鳴れ
月日は流れ　わたしは残る

訳詩集『月下の一群』はフランスの近代詩人六十六人の作品から三百四十篇を選んで大正十四年（一九二五）に翻訳刊行された。その清新な作品群は当時の詩壇に新鮮なショックを与え、それ以後の日本の詩に決定的な影響を及ぼした。「ミラボー橋」はその代表作の一つ。

ミラボー橋の下を流れるセーヌ河のように、月日は流れ、恋もまた過ぎ去っていく。文語まじりの口語体、雅俗混淆体ともいうべき独特の堀口大學調が人生の悲哀と寂寥を伝えて余すところがない。詩型がそのまま音階になっているので、シャンソンのように気分を出して唱いたい。

ほりぐち・だいがく　明治二十五年（一八九二）〜昭和五十六年（一九八一）。東京・本郷生まれ。詩集に『月光とピエロ』『水の面に書きて』など、訳詩集に『月下の一群』がある。

ギィヨーム・アポリネール （一八八〇〜一九一八）フランスの詩人。キュビスム運動の理論的指導者の一人で、詩集に『アルコール』『カリグラム』などがある。

少年の日

佐藤春夫

1

野ゆき山ゆき海辺ゆき
真ひるの丘べ花を敷き
つぶら瞳の君ゆゑに
うれひは青し空よりも。

2

影おほき林をたどり
夢ふかきみ瞳を恋ひ

あたたかき真昼の丘べ
花を敷き、あはれ若き日。

3

君が瞳はつぶらにて
君が心は知りがたし。
君をはなれて唯ひとり
月夜の海に石を投ぐ。

4

君は夜な夜な毛糸編む
銀の編み棒に編む糸は

かぐろなる糸[*]あかき糸
そのランプ敷き誰(た)がものぞ。

『殉情(じゅんじょう)詩集』は谷崎潤一郎夫人千代への殉情（命がけの恋）から生まれた詩集だが、この詩にうたわれているのは少年の日の純情。七五調（一、三、四連）と五七調（二連）を混用したリズム感と古風な詩語が調和して、甘く切ない初恋の情感を盛り上げる。少年少女になったつもりで、澄んだ声音で朗誦(ろうしょう)したい。

さとう・はるお　明治二十五年（一八九二）～昭和三十九年（一九六四）。和歌山県新宮市生まれ。詩集に『殉情詩集』『我が一九二二年』、訳詩集に『車塵集（しやじんしゆう）』、小説に『田園の憂鬱』『都会の憂鬱』などがある。

＊かぐろなる＝黒い。かは接頭語。

初恋（はつこい）

島崎藤村（しまざきとうそん）

まだあげ初（そ）めし前髪[*1]の
林檎（りんご）のもとに見えしとき
前にさしたる花櫛（はなぐし）[*2]の
花ある君と思ひけり

やさしく白き手をのべて
林檎をわれにあたへしは
薄紅（うすくれなゐ）の秋の実（み）に
人こひ初（そ）めしはじめなり

わがこゝろなき*3ためいきの
その髪の毛にかゝるとき
たのしき恋の盃（さかづき）を
君が情（なさけ）に酌みしかな

林檎畑の樹（こ）の下（した）に
おのづからなる細道（ほそみち）は
誰（た）が踏みそめしかたみ*4ぞと
問ひたまふこそこひしけれ

一世紀以上にわたって愛唱されてきた近代恋愛詩の絶唱。

第一連ではりんご畑における少年と少女の出会いが、第二連ではほのかな恋のはじまりが、第三連ではせつない恋の高まりが、そして最終連では過ぎ去った恋の思い出がうたわれている。

またこの詩には西洋詩をまねた頭韻や脚韻など、さまざまな試みがなされている。言葉の音楽に耳を澄ましながら情感をこめて音読しよう。

しまざき・とうそん　明治五年（一八七二）〜昭和十八年（一九四三）。筑摩県馬籠(まごめ)村（後の長野県西筑摩郡神坂村、現在は岐阜県中津川市馬籠）生まれ。詩集に『若菜集』『落梅集』、小説に『破戒』『夜明け前』などがある。

＊1　あげ初めし前髪＝当時の女性は十三、四歳になると、おかっぱやお下げから前髪を上げて日本髪（桃割れなど）に結う習慣があった。その前髪を上げたばかりの少女。

＊2　花櫛＝造花の飾りのついた挿し櫛。

＊3　こゝろなき＝普通は思いやりがないという意味だが、ここでは恋しさのあまり思慮分別を失った状態をさす。

＊4　かたみ＝形見、思い出を形に残したもの。

哀歌（あいか）

野田宇太郎（のだうたろう）

のがれて一人林に入り
落葉をふめば落葉のなかに
あなたはわたしを待つてゐた。
草に坐（すわ）れば草のなかから
あなたはわたしにささやいた。
一本の花の木があり
仰ぐとなつかしい微笑のやうに
青い空がちかちかひかつた。
あなたの名を呼んだが答へなかつた。

いくたびもむなしい名を呼び
ゆすればさらさらと花がこぼれた。

　野田宇太郎は「文学散歩」シリーズに代表される実証的で啓蒙(けいもう)的な文学研究家として知られるが、一方では昭和を代表する抒情詩人でもあった。
　どこで何をしていても、そこにはいつもあなたがいる。しかし、私が名を呼んでも、あなたは答えない。たまらずに木をゆすれば、ただささらさらと花びらがちるばかり。純度の高い近代挽歌(ばんか)の名品である。

のだ・うたろう　明治四十二年（一九〇九）～昭和五十九年（一九八四）。福岡県小郡市生まれ。詩集に『旅愁』『感情』などがある。

わがひとに与(あた)ふる哀歌(あいか)

伊東静雄(いとうしずお)

太陽は美しく輝き
あるひは　太陽の美しく輝くことを希(ねが)ひ
手をかたくくみあはせ
しづかに私たちは歩いて行つた
かく誘ふものの何であらうとも
私たちの内(うち)の
誘はるる清らかさを私は信ずる
無縁のひとはたとへ
鳥々は恒(つね)に変らず鳴き

草木の囁（ささや）きは時をわかたずとするとも
いま私たちは聴く
私たちの意志の姿勢で
それらの無辺な広大の讃歌（さんか）を
あゝ　わがひと
輝くこの日光の中に忍びこんでゐる
音なき空虚を
歴然と見わくる目の発明*1の
何にならう
如（し）かない　人気（ひとけ）ない山に上（のぼ）り
切に希はれた太陽をして
殆（ほとん）ど死した湖の一面に遍照*2さするのに

表題を見れば、だれでもこれは恋愛詩だと思うだろう。「わがひと」とは、詩人に熱愛されている美しい女性のことで、これはその女性に捧げられた恋歌に違いないと。萩原朔太郎も「『わがひとに与ふる哀歌』は、一つの美しい恋歌である」と評した。

しかし、詩集全体の構成から見ると、「わがひと」は明らかに「吾人」を、すなわち詩人自身をさしている。たとえば詩集冒頭の作品「晴れた日に」には、「私の放浪する半身　愛される人／私はお前に告げやらねばならぬ」という詩句があって、この詩集がその「半身」に与えられた「哀歌」であることを示している。

それを承知の上で、私はこれを朔太郎と同じく一篇の恋歌として読みたい。ここには美しくも清らかな悲恋のリリシズムが感じられるからである。

太陽が美しく輝いている（あるいはそう願われた）世界を、私たちは堅く手を組み合わせて歩いていく。たとえ世間の人々が、鳥の鳴き声や草木の囁きはいつもとおんなじじゃないかと言おうとも、私たちは自分の意志の姿勢で、彼らの発する讃歌に耳を傾ける。そのとき、この光景のなかに忍びこんでいる空虚を見分ける知恵の目があったとしても、それがいったい何になるだろう。そんなものは、ひとけのない山の上で、雲間からのぞく太陽に冬枯れの湖面を照らしてもらうことに比べれば何ほどのことでもない。

この恋の道ゆきは、『万葉集』以来のあらゆる恋歌のなかで、最もメタフィジック（形而上学的）な美を感じさせる。

いとう・しずお　明治三十九年（一九〇六）～昭和二十八年（一九五三）。長崎県諫早市生まれ。詩集に『わがひとに与ふる哀歌』『夏花』『春のいそぎ』などがある。

＊1　発明＝賢さ、利口さ。
＊2　遍照＝あまねく照らす。

吹雪（ふぶき）の街（まち）を

伊藤（いとう）整（せい）

歩いて来たよ　吹雪の街を。

言ひ出さねば
それで忘れたのだと思つてゐるのか
ゆかりも無かつたといへば
今更泣いても見たいのか。

あゝ今宵吹雪が灯にみだれる街。

女心のあやしさ
いつかは妻となり　母となるべき身だのに
いづれ別れる若い日なのに
さりげなく言つて見ないか。
その美しい日に思つたことを。
そのまなざしで思つたことを。

あゝ譬（たと）へよもなく慕はしかつた
十九の年に見た乙女。

あゝ吹雪はまつ毛の涙となる。

私はいつまでも覚えて居るのに。
十九の年に見た乙女のまなざしを
私はこうしていつまでも忘れずに居るのに。

Rever encor de douceur,
De douceur et de guirlanders.
——Jean Moréas——

北海道の風土を背景に、過ぎ去ったばかりの恋を切々とうたう。
この恋はおそらく片思いで、詩人にとってはいつまでも忘れられれない生々しい思い出なのだが、相手の少女にとっては楽しい青春のひとこまにすぎなかった。そのことがまた詩人のやるせなさをかきたてる。

伊藤整はのちに犀利(さいり)な論客として知られることになるが、その出発点（詩集出版時二十一歳）は、このように素朴で切実な抒情詩にあったのである。

末尾に引用されているのは、フランスの詩人ジャン・モレアス（一八五六～一九一〇）の十四行詩(ソネット)「ネヴァーモア」の最終連の初めの二行で、大意は「今ひとたび　甘美な夢を見るがいい／甘美な　花飾りに縁取りされた……」。

いとう・せい　明治三十八年（一九〇五）～昭和四十四年（一九六九）。北海道松前町生まれ。詩集に『雪明りの路』『冬夜』、小説に『火の鳥』『氾濫』、評論に『小説の方法』『日本文壇史』、翻訳にD・H・ロレンス『チャタレイ夫人の恋人』などがある。

乳母車（うばぐるま）

三好達治（みよしたつじ）

母よ——

淡くかなしきもののふるなり
紫陽花（あぢさゐ）いろのもののふるなり[*1]
はてしなき並樹（なみき）のかげを
そうそうと風のふくなり[*2]

時はたそがれ
母よ　私の乳母車（うばぐるま）を押せ
泣きぬれる夕陽にむかつて

鱗々(りんりん)*3と私の乳母車を押せ

赤い総(ふさ)ある天鵞絨(びろおど)の帽子を
つめたき額(ひたひ)にかむらせよ
旅いそぐ鳥の列にも
季節は空を渡るなり

淡くかなしきもののふる
紫陽花いろのもののふる道
母よ　私は知つてゐる
この道は遠く遠くはてしない道

三好達治の詩には、イメージは鮮明だが意味のよくわからない作品が多い。これもその一つで、「紫陽花いろのもの」が何を意味するかについて、発表当時からさまざまな議論が交わされてきた。あじさいの花の季節に降る梅雨（ばいう）のことだという説もあるが、第三連の「つめたき額」や「旅いそぐ鳥の列」から季節が晩秋であることは明らかで、しかも「夕陽」が出ているのだから、梅雨とは考えられない。ここは素直に晴れた空から降りそそぐ「紫陽花いろ」の夕陽の光と解したい。

三好達治は何よりも音楽の詩人だった。この詩では「母」「淡くかなしき」「紫陽花いろ」「はてしなき並樹のかげ」と続くア音が、「ふるなり」「ふくなり」の末尾のイ音や、「たそがれ」「押せ」「むかつて」のエ音などと交響して、まさに「淡くかなしき」情調を作り出している。そうした音の響きに注意しながら、自分が乳母車に乗っているつもりで、しっとりと音読したい。

みよし・たつじ　明治三十三年（一九〇〇）～昭和三十九年（一九六四）。大阪市生まれ。詩集に『測量船』『春の岬』『駱駝の瘤にまたがって』などがある。

＊1　紫陽花いろ＝あじさいの花は、淡空色、青紫色、淡紅色と次々に色を変えていくので七変化（しちへんげ）とも呼ばれる。したがって特に紫陽花いろという色名はないのだが、ここでは青系統の「淡くかなしき」色と解したい。
＊2　そうそうと＝騒がしく音を立てて。
＊3　轔々と＝車輪をきしませて。

それは

黒田三郎（くろださぶろう）

それは
信仰深いあなたのお父様を
絶望の谷につき落した
それは
あなたを自慢の種にしていた友達を
こっけいな怒りの虫にしてしまった
それは
あなたの隣人達の退屈なおしゃべりに
新しいわらいの渦をまきおこした

それは
善行と無智(むち)を積んだひとびとに
しかめっ面の競演をさせた
何というざわめきが
あなたをつつんでしまったろう
とある夕
木立(こだち)をぬける風のように
何があなたを
僕の腕のなかにつれて来たのか

詩集『ひとりの女に』は、戦後の詩壇に「木立をぬける風」のように新鮮な感動の渦を巻き起こした。戦後の混乱のなかで「馬鹿さ加減が／ちょうど僕と同じ位」の少女を愛するよろこびが、何のてらいもなく、わかりやすい言葉でうたわれていたからである。

恋愛詩集としての美しさは、高村光太郎の『智恵子抄』に匹敵するといっていいだろう。

このスリリングな恋のはじまりは、同じ詩集の別の作品では、「運命は／屋上から身を投げる少女のように／僕の頭上に／落ちてきたのである」（「もはやそれ以上」）、「ああ／そのとき／この世がしんとしづかになったのだった」（「賭け」）と表現されている。

のちに黒田三郎夫人となったこの女性は、夜な夜な酒場で酔いつぶれる詩人を救済すべく自家用車で駆けつけたので、口の悪い「荒地」グループの仲間から「黒田の救急車」と呼ばれた。

くろだ・さぶろう　大正八年（一九一九）～昭和五十五年（一九八〇）。広島県呉市生まれ。詩集に『ひとりの女に』『失われた墓碑銘』『小さなユリと』などがある。

伝えたい想い

君死にたまふことなかれ

与謝野晶子

ああをとうとよ、君を泣く、
君死にたまふことなかれ、
末に生れし君なれば
親のなさけはまさりしも、
親は刃をにぎらせて
人を殺せとをしへしや、
人を殺して死ねよとて
二十四までをそだてしや。

堺(さかい)の街(まち)のあきびとの
旧家をほこるあるじにて
親の名を継ぐ君なれば、
君死にたまふことなかれ、
旅順(りょじゅん)の城はほろぶとも、
ほろびずとても、何事ぞ、
君は知らじな、あきびとの
家のおきてに無かりけり。

君死にたまふことなかれ、
すめらみこと*は、戦ひに
おほみづからは出(い)でまさね、

かたみに人の血を流し、
獣(けもの)の道に死ねよとは、
死ぬるを人のほまれとは、
大みこころの深ければ
もとよりいかで思(おぼ)されむ。

ああをとうとよ、戦ひに
君死にたまふことなかれ、
すぎにし秋を父ぎみに
おくれたまへる母ぎみは、
なげきの中に、いたましく
わが子を召され、家を守(も)り、

安（やす）しと聞ける大御代（おおみよ）も
母のしら髪（が）はまさりぬる。

暖簾（のれん）のかげに伏して泣く
あえかにわかき新妻（にいづま）を、
君わするるや、思へるや、
十月（とつき）も添はでわかれたる
少女（をとめ）ごころを思ひみよ、
この世ひとりの君ならで
ああまた誰をたのむべき、
君死にたまふことなかれ。

この詩には「旅順口包囲軍の中に在る弟を歎きて」という添え書きがある。旅順は遼東半島の南端にある港町で日露戦争の激戦地。弟は二歳年下の弟籌三郎。この弟は長兄秀太郎に代わって家業の菓子舗「駿河屋」を継ぎ、父の名宗七を襲名した。

　明治三十七年八月、乃木希典大将の第三軍による旅順攻撃の新聞報道を読んで弟の安否を気づかった晶子は、矢も盾もたまらずこの詩を書き上げ、「明星」九月号に発表した。すると評論家大町桂月が「太陽」誌上で「国家観念をないがしろにする危険思想」と激しく批判した。これに対して晶子は「民の声を廟堂に伝えようとして真心をうたったものだ」と反論した。

　当時は社会主義協会による反戦運動が盛んになりつつあった

が、晶子がこの運動に近づいた形跡はなく、いわゆる思想的な反戦詩とは考えにくい。むしろ家と家族を思う切実な思いが、建前としての臣民意識を超えて「厭戦(えんせん)」を表現させてしまったと見るべきだろう。いずれにしろ、これほど格調が高くてしかも真情のこもった反戦詩は、以後一篇も書かれていない。

よさの・あきこ　明治十一年(一八七八)〜昭和十七年(一九四二)。大阪府堺市生まれ。歌集に『みだれ髪』『舞姫』『春泥集』『晶子詩篇全集』などがある。

＊すめらみこと＝天皇。ここでは明治天皇。

ココアのひと匙(さじ)

石川啄木(いしかわたくぼく)

われは知る、テロリストの
かなしき心を――
言葉とおこなひとを分(わか)ちがたき
ただひとつの心を、
奪はれたる言葉のかはりに
おこなひをもて語らんとする心を、
われとわがからだを敵に擲(な)げつくる心を――
しかして、そは真面目にして熱心なる人の常に有(も)つかなしみなり。

はてしなき議論の後の
冷めたるココアのひと匙を啜(すす)りて、
そのうすにがき舌触りに、
われは知る、テロリストの
かなしき、かなしき心を。

啄木は明治四十三年に起きた幸徳秋水(こうとくしゅうすい)らの大逆事件に大きなショックを受け、社会主義への関心を深めた。そして翌四十四年六月十五日から十七日にかけて「はてしなき議論の後」と題する九篇の詩を書いた。

これはそのうちの一篇で、十九世紀ロシアで帝政打倒のために立ち上がった革命家への熱い共感がうたわれている。

啄木が結核のために二十六歳の生涯を閉じたのは、それからわずか十か月後のことである。

いしかわ・たくぼく 明治十九年（一八八六）～明治四十五年（一九一二）。岩手県盛岡市生まれ。詩集に『あこがれ』『呼子と口笛』、歌集に『一握の砂』『悲しき玩具』などがある。

雁(がん)

千家元麿(せんげもとまろ)

暖い静かな夕方の空を
百羽ばかりの雁が
一列になつて飛んで行く
天も地も動かない静かな景色の中を、不思議に黙つて
同じやうに一つ一つセッセと羽を動かして
黒い列をつくつて
静かに音も立てずに横切つてゆく
側(そば)へ行つたら翅(はね)の音が騒がしいのだらう
息切れがして疲れてゐるのもあるのだらう

だが地上にはそれは聞えない
彼等はみんなが黙つて、心でいたはり合ひ助け合つて
　飛んでゆく。
前のものが後になり、後ろの者が前になり
心が心を助けて、セッセセッセと
勇ましく飛んで行く。

その中には親子もあらう、兄弟姉妹も友人もあるにち
　がひない
この空気も柔(やはら)いで静かな風のない夕方の空を選んで、
一団になつて飛んで行く
暖い一団の心よ。

天も地も動かない静かさの中を汝(なんじ)ばかりが動いてゆく
黙つてすてきな早さで
見てゐる内に通り過ぎてしまふ。

千家元麿は童心の詩人である。子供のように無垢(むく)な心で庶民の暮らしや動物の生態をうたいつづけた。「白樺(しらかば)」派の人道主義を最も忠実に実践したのはこの詩人だったといっていいだろう。
雁をうたった詩歌は昔からたくさんあるが、これほど天真爛漫(てんしんらんまん)に、そしてひたむきに雁に感情移入した詩は他にはない。だから私たちも童心にかえって、セッセセッセと読むことにしよう。

せんげ・もとまろ　明治二十一年（一八八八）〜昭和二十三年（一九四八）。東京・麹町生まれ。詩集に『自分は見た』『虹』『野天の光り』などがある。

歌(うた)

中野重治(なかのしげはる)

お前は歌うな
お前は赤ままの花[*1]やとんぼの羽根を歌うな
風のささやきや女の髪の毛の匂いを歌うな
すべてのひよわなもの
すべてのうそうそとした[*2]もの
すべての物憂げなものを撥(はじ)き去れ
すべての風情を擯斥(ひんせき)[*3]せよ
もっぱら正直のところを
腹の足しになるところを

胸先（むなさ）きを突き上げて来るぎりぎりのところを歌え
たたかれることによつて弾（は）ねかえる歌を
恥辱の底から勇気をくみ来（く）る歌を
それらの歌々を
咽喉（のど）をふくらまして厳しい韻律に歌い上げよ
それらの歌々を
行く行く人々の胸廓（きようかく）にたたきこめ

中野重治はマルクス主義文学運動の実作者にして理論的指導者

の一人でもあった。この詩は彼のプロレタリア詩人宣言ともいうべきもので、従来の詩にあった「ひよわなもの」「うそうそとしたもの」「物憂げなもの」を排して「もつぱら正直のところ」「腹の足しになるところ」「ぎりぎりのところ」を歌えと「お前」に命じている。「お前」とはもちろん、詩人自身のことである。

　この詩を収めた『中野重治詩集』は昭和六年十月にナップ出版部から刊行されることになっていたが、製本を終えた段階で、突然踏み込んできた警官に押収された。たまたまその印刷所に居合わせた詩人伊藤信吉（いとうしんきち）が、とっさの機転で初版千部のうちの一冊を汚れた座布団の下に隠して外へ持ち出した。結局、この詩集は四年後の昭和十年十二月にナウカ社から刊行された。これはまさしく「たたかれることによつて弾ねかえる歌」だったのである。

なかの・しげはる　明治三十五年（一九〇二）～昭和五十四年（一九七九）。福井県坂井市生まれ。詩集に『中野重治詩集』、小説に『五勺の酒』『むらぎも』などがある。

＊1　赤まま＝イヌタデの別名。アカノマンマ。夏、紫紅色の小さな花をつける。
＊2　うそうそと＝落ち着かない、なんとなくはっきりしないさま。
＊3　擯斥＝しりぞけること。

自分の感受性くらい

茨木のり子

ぱさぱさに乾いてゆく心を
ひとのせいにはするな
みずから水やりを怠っておいて

気難かしくなってきたのを
友人のせいにはするな
しなやかさを失ったのはどちらなのか

苛立つのを

近親のせいにはするな
なにもかも下手（へた）だったのはわたくし

初心（しょしん）消えかかるのを
暮しのせいにはするな
そもそもが　ひよわな志（こころざし）にすぎなかった

駄目（だめ）なことの一切を
時代のせいにはするな
わずかに光る尊厳の放棄（ほうき）

自分の感受性くらい

自分で守れ
ばかものよ

ここで「自分の感受性くらい／自分で守れ／ばかものよ」と叱られているのは詩人自身だが、自分が叱られたように感じて思わず首をすくめてしまったのは、たぶん私だけではないだろう。まず大抵の人は、物事がうまくいかないのは他人や暮しや時代のせいだと信じたがっているはずだから。

この詩は、そうした無神経な思い上がりに水をかけて、初心を取り戻させるだけの威力を秘めている。心が乾いたなと感じたら、すぐにこの詩を服用すべし。

いばらぎ・のりこ　大正十五年（一九二六）〜平成十八年（二〇〇六）。大阪市生まれ。詩集に『対話』『見えない配達夫』『自分の感受性くらい』などがある。

橋（はし）

少女よ
橋のむこうに
何があるのでしょうね

私も　いくつかの橋を
渡ってきました
いつも　心をときめかし
急いで　かけて渡りました

高田敏子（たかだとしこ）

あなたがいま渡るのは
あかるい青春の橋
そして　あなたも
急いで渡るのでしょうか

むこう岸から聞える
あの呼び声にひかれて

暗くて難解な作品が多い戦後詩人のなかにあって、高田敏子は終始、明るくてわかりやすい詩を書き続けた。そこにはいつも母のやさしさと思いやりの心があふれていた。

この詩はその典型ともいうべき作品で、言葉遣いはやさしいが、「橋」という一語に込められた意味は深い。

たかだ・としこ　大正三年（一九一四）〜平成元年（一九八九）。東京・日本橋生まれ。詩集に『雪花石膏（アラバスタ）』『月曜日の詩集』『藤』などがある。

わたしを束(たば)ねないで

新川和江(しんかわかずえ)

わたしを束(たば)ねないで
あらせいとうの花のように
白い葱(ねぎ)のように
束ねないでください　わたしは稲穂
秋　大地が胸を焦がす
見渡すかぎりの金色(こんじき)の稲穂

わたしを止(と)めないで
標本箱の昆虫のように

高原からきた絵葉書のように
止めないでください　わたしは羽撃(ばた)き
こやみなく空のひろさをかいさぐっている
目には見えないつばさの音

わたしを注(つ)がないで
日常性に薄められた牛乳のように
ぬるい酒のように
注がないでください　わたしは海
夜　とほうもなく満ちてくる
苦い潮(うしお)　ふちのない水

わたしを名付けないで
娘という名　妻という名
重々しい母という名でしつらえた座に
坐(すわ)りきりにさせないでください　わたしは風
りんごの木と
泉のありかを知っている風

わたしを区切らないで
，(コンマ)や・(ピリオド)いくつかの段落
そしておしまいに「さようなら」があったりする手紙
　のようには
こまめにけりをつけないでください　わたしは終りの

ない文章
川と同じに
はてしなく流れていく　拡(ひろ)がっていく　一行の詩

収録詩集の名は『比喩でなく』だが、この詩は全篇比喩で成り立っている。「わたしは稲穂」も比喩なら「大地が胸を焦がす」も比喩、そもそも「わたしを束ねないで」という題名自体が比喩である。そしてそれぞれの比喩が次の比喩を呼び起こしながら次第に大きな詩の宇宙を作り上げていく。しかもそこには秋風のように爽やかな言葉の音楽が流れているので、読者は浮世のしがらみをしばし忘れて、美しいメタフィジックの園に安らうことができる。

いくら「わたしを名付けないで」といわれても、この詩人を「比喩の名手」と名づけないわけにはいかない。

しんかわ・かずえ 昭和四年(一九二九)〜令和六年(二〇二四)。茨城県結城市生まれ。詩集に『睡り椅子』『比喩でなく』『土へのオード13』『春とおないどし』などがある。

祝婚歌（しゅくこんか）

吉野弘（よしのひろし）

二人が睦（むつ）まじくいるためには
愚かでいるほうがいい
立派すぎないほうがいい
立派すぎることは
長持ちしないことだと気付いているほうがいい
完璧をめざさないほうがいい
完璧なんて不自然なことだと
うそぶいているほうがいい
二人のうちどちらかが

ふざけているほうがいい
ずっこけているほうがいい
互いに非難することがあっても
非難できる資格が自分にあったかどうか
あとで
疑わしくなるほうがいい
正しいことを言うときは
少しひかえめにするほうがいい
正しいことを言うときは
相手を傷つけやすいものだと
気付いているほうがいい
立派でありたいとか

正しくありたいとかいう
無理な緊張には
色目を使わず
ゆったり　ゆたかに
光を浴びているほうがいい
健康で　風に吹かれながら
生きていることのなつかしさに
ふと　胸が熱くなる
そんな日があってもいい
そして
なぜ胸が熱くなるのか
黙っていても

二人にはわかるのであってほしい

結婚式のスピーチはなるべく短いほうがいい。心にもないほめ言葉で新郎新婦を恐縮させたり、自分で信じてもいない人生哲学を語って参会者を退屈させたりしないほうがいい。もしほんとうに二人のしあわせを願うなら、心をこめてこの詩を読んであげるのがいい。メモを見ずに朗誦できたら、もっと喜ばれるだろう。ただし、くれぐれも作者と出典を最初に明言するのをお忘れなく。

よしの・ひろし 大正十五年（一九二六）～平成二十六年（二〇一四）。山形県酒田市生まれ。詩集に『消息』『幻・方法』『感傷旅行』『風が吹くと』などがある。

表札（ひょうさつ）

石垣（いしがき）りん

自分の住むところには
自分で表札を出すにかぎる。

自分の寝泊りする場所に
他人がかけてくれる表札は
いつもろくなことはない。

病院へ入院したら
病室の名札には石垣りん様と

様が付いた。

旅館に泊っても
部屋の外に名前は出ないが
やがて焼場の罐（かま）にはいると
とじた扉の上に
石垣りん殿と札が下がるだろう
そのとき私がこばめるか？

様も
殿も
付いてはいけない、

自分の住む所には
自分の手で表札をかけるに限る。

精神の在り場所も
ハタから表札をかけられてはならない
石垣りん
それでよい。

石垣りんは、働く女性の立場から、生活と経験に根ざした社会性のある作品を書き続けてきた詩人である。その詩には、湿っぽい感傷や甘えを許さない、りんとした姿勢がつらぬかれている。

この詩は、そうした詩人の「精神の在り場所」を表札に託して表明したもので、「石垣りん／それでよい」という末尾の二行に、その凛然（りんぜん）たる姿勢が集約されている。さて、あなたは自分の手で表札をかけていますか？

いしがき・りん　大正九年（一九二〇）〜平成十六年（二〇〇四）。東京・赤坂生まれ。詩集に『私の前にある鍋とお釜と燃える火と』『表札など』などがある。

パンの話（はなし）

吉原幸子（よしはらさちこ）

まちがへないでください
パンの話をせずに　わたしが
バラの花の話をしてゐるのは
わたしにパンがあるからではない
わたしが　不心得ものだから
バラを食べたい病気だから
わたしに　パンよりも
バラの花が　あるからです

飢える日は
パンをたべる
飢える前の日は
バラをたべる
だれよりもおそく　パンをたべてみせる

パンがあることをせめないで
バラをたべることを　せめてください――

「人はパンのみにて生きるにあらず」という言葉は、裏を返せば、人はパンがなければ生きられないという現実を示している。人はバラがなくても生きていけるが、パンがなければたちまち飢えてしまう。しかし、それでもなお、この世にはパンよりもバラが好きで、少なくとも飢える前日まではバラの花を食べていたい人がいる。それはつまり詩という病気なのだから、あなたはそれを苦労知らずのお遊びだなどと責めないで、わたしが詩人であることを責めるべきなのです……。
　この詩を読んでも空腹は満たされないが、パンをかせぐことに疲れた魂の飢えだけは満たされる。

よしはら・さちこ　昭和七年（一九三二）～平成十四年（二〇〇二）。東京・四谷生まれ。詩集に『幼年連禱』『夏の墓』『オンディーヌ』『昼顔』などがある。

心さびしい日に

晩秋

萩原朔太郎

汽車は高架を走り行き
思ひは陽ざしの影をさまよふ。
静かに心を顧みて
満たさるなきに驚けり。
巷に秋の夕日散り
鋪道に車馬は行き交へども
わが人生は有りや無しや。
煤煙くもる裏街の
貧しき家の窓にさへ

斑黄葵（むらさきあふひ）の花は咲きたり。

詩集『氷島』（一九三四）は、朔太郎の従来の詩風とは一変して、文語脈で格調高く人生の虚妄を詠嘆するような作品を多く収めるが、この詩は特に「朗吟のために」と付記されている。

七五を基調に七七を加えてリズムに緩急をつけ、「汽車」「高架」「影」「心」と続くk音の効果的な使用が全体の調子を引き締めている。

また後半では「わが人生」「有りや無しや」「煤煙」「貧しき」「花は咲きたり」と続くア音の連打が韻律を大きくふくらませているので、沈鬱な主題にもかかわらず、まさに「朗吟」のための詩になっている。心さびしい日に、しみじみと音読したい詩である。

はぎわら・さくたろう　明治十九年（一八八六）～昭和十七年（一九四二）。群馬県前橋市生まれ。詩集に『月に吠える』『青猫』『純情小曲集』『氷島』などがある。

のちのおもひに

立原道造（たちはらみちぞう）

夢はいつもかへつて行つた　山の麓のさびしい村に
水引草（みずひきぐさ）[*1]に風が立ち
草ひばり[*2]のうたひやまない
しづまりかへつた午（ひる）さがりの林道を

うららかに青い空には陽がてり　火山は眠つてゐた
――そして私は
見て来たものを　島々を　波を　岬を　日光月光を
だれもきいてゐないと知りながら　語りつづけた……

夢は　そのさきには　もうゆかない
なにもかも　忘れ果てようとおもひ
忘れつくしたことさへ　忘れてしまつたときには

夢は　真冬の追憶のうちに凍るであらう
そして　それは戸をあけて　寂寥(せきりょう)のなかに
星くづにてらされた道を過ぎ去るであらう

立原道造の代表作にして近代抒情詩の最高傑作のひとつ。青春の寂寥感をこれほど見事に定着した詩は他にはない。

　立原は東大在学中にしばしば軽井沢に滞在し、堀辰雄（ほりたつお）、室生犀星（むろうさいせい）らの先輩詩人と交遊した。「山の麓のさびしい村」は追分（おいわけ）、「火山」は浅間山（あさまやま）だと思われる。

「だれもきいてゐないと知りながら　語りつづけた」という一行からもわかるように、立原の詩は基本的にはモノローグである。だから、読者も低音でつぶやくように読むのがいい。

たちはら・みちぞう　大正三年（一九一四）～昭和十四年（一九三九）。東京・日本橋生まれ。詩集に『萱草（わすれぐさ）に寄す』『暁と夕（ゆうべ）の詩（うた）』『優しき歌』がある。

＊1　水引草＝タデ科の多年草。夏から秋にかけて枝先に細長い花序が出て、赤または白の小花をまだらにつける。
＊2　草ひばり＝コオロギの一種。触角が長く、体は淡黄褐色で黒斑がある。雄はチリリリと美しく鳴く。

曠野の歌

伊東静雄

わが死せむ美しき日のために
連嶺の夢想よ！　汝が白雪を
消さずあれ
息ぐるしい稀薄のこれの曠野に
ひと知れぬ泉をすぎ
非時の木の実熟るる
隠れたる場しよを過ぎ
われの播種く花のしるし
近づく日わが屍骸を曳かむ馬を

この道標（しめ）はいざなひ還（かえ）さむ
あゝかくてわが永久（とわ）の帰郷を
高貴なる汝（な）が白き光見送り
木の実照り　泉はわらひ……
わが痛き夢よこの時ぞ遂に
休らはむもの！

『詩人伊東静雄』の著者小高根二郎（おだかねじろう）によれば、この詩の背景にはイタリアの画家セガンティーニの油彩「帰郷」がある。その絵には、遠景に白雪をいただくアルプスの連嶺が、近景には悲しみにくれる黒衣の女を乗せて曠野をひた走る霊柩（れいきゅう）馬車が描かれている。それを見て想像力を刺激された詩人は、かねて愛読していたヘルダーリンの「帰郷」やメーリケの「運命の歌」を参考にしながらこの詩を書き上げたという。

最初の三行で、いきなり全体のテーマが示される。自分が死ぬその日まで、連嶺の白雪よ、どうか消えずにいてほしいという悲願である。次の七行では、詩人の精神の象徴とも呼ぶべき曠野の風景が描かれる。そして最後の五行では、詩人の「永久（とわ）の帰郷」、すなわち美しい死の日の情景がアイロニカルにうたわれている。硬質な抒情詩人伊東静雄の極北を示す作品といえるだろう。

いとう・しずお　35ページ参照。

＊非時の木の実＝季節を問わずいつでもなっている木の実。『古事記』に出てくる非時香菓（ときじくのかくのこのみ）は橘（たちばな）の実の古名とされる。

道(みち)

黒田三郎(くろださぶろう)

道はどこへでも通じている　美しい伯母様の家へゆく道　海へゆく道　刑務所へゆく道　どこへも通じていない道なんてあるだろうか
それなのに　いつも道は僕の部屋から僕の部屋に通じているだけなのである　群衆の中を歩きつかれて少年は帰ってくる

黒田三郎は軍人の家に生まれ、軍国主義の時代に少年時代を過ごした。だが、彼は戦争への道を歩まず、時代のアウトサイダーとして生きる道を選んだ。

道はどこへでも通じているが、少年はすべての道を行くことはできない。歩きつかれて、彼は結局、自分の部屋に帰ってくる。新しく出発しなおすために。私たちも、また。

くろだ・さぶろう　48ページ参照。

季節のなかで

甃（いし）のうへ

三好達治（みよしたつじ）

あはれ花びらながれ
をみなごに花びらながれ*1
をみなごしめやかに語らひあゆみ
うららかの跫音（あしおと）空にながれ
をりふしに瞳（ひとみ）をあげて
翳（かげ）りなきみ寺の春をすぎゆくなり
み寺の甍（いらか）みどりにうるほひ
廂（ひさし）々に
風鐸（ふうたく）*2のすがたしづかなれば

ひとりなる
わが身の影をあゆまする甃(いし)[*3]のうへ

ア音、オ音を中心とする、やわらかな響きを持った言葉たちが、読者をいきなり晩春のうららかな陽ざしのなかに連れ出し、しばし時の流れを忘れさせる。選ばれた詩語の典雅さ、描かれた情景の優雅さ、その結果もたらされた詩境の高雅さにおいて、他者の追随を許さぬ近代抒情詩の絶品である。

この詩を読んで京都、奈良あたりに実在する古寺を思い浮かべる人も多いだろうが、詩人自身は「(この作品)全体が、もともと架空、どこかの場所に実在するどんな寺院をも指していない」
と断っている。

みよし・たつじ　44ページ参照。

＊1　をみなご＝女の子。
＊2　風鐸＝堂塔の軒の四隅につり下げて飾りとする鐘形の鈴。
＊3　甃＝本来の意味は敷き瓦（地面に敷く瓦）だが、ここでは石だたみ、敷石。

春の朝

ブラウニング
上田敏（訳）

時は春、
日は朝、
朝は七時、
片岡に露みちて、[*1]
揚雲雀なのりいで、
蝸牛枝に這ひ、
神、そらに知ろしめす。[*2]
すべて世は事も無し。

師の小泉八雲（ラフカディオ・ハーン）に「一万人に一人の英語力」と折紙を付けられた上田敏は、また清少納言並の日本語の達人でもあった。その二つの言語が幸運な出会いを果たした訳詩集『海潮音』は、その後の日本の詩に決定的といっていい影響を与えた。

原詩は春の朝の平和な田園風景をうたった叙景詩だが、『枕草子』の「春はあけぼの」を思わせる優美でしかも歯切れのいい訳語によって、まさに詩神ミューズが宿る名詩になった。これぐらいの短い詩は、いつでも暗誦できるようにしておきたい。

うえだ・びん　明治七年（一八七四）～大正五年（一九一六）。東京・築地生まれ。訳詩集に『海潮音』、遺稿詩集に『牧羊神』がある。

ロバート・ブラウニング（一八一二～一八八九）英国ヴィクトリア朝の代表的詩人。詩集に『鈴とざくろ』『指輪と本』などがある。

＊1　片岡＝一方がなだらかに傾斜している丘、またはポツンとひとつだけある丘。

＊2　知ろしめす＝「知る」という動作に用いる最高の尊敬語。「知っていらっしゃる」「承知されている」から「お治めになる」「統治される」の意が生じた。ここでは「神は空からすべてをご覧になっている」。

薔薇二曲（ばらにきょく）

北原白秋（きたはらはくしゅう）

一

薔薇（バラ）ノ木ニ
薔薇ノ花サク。

ナニゴトノ不思議ナケレド。

二

薔薇ノ花。
ナニゴトノ不思議ナケレド。

照リ極マレバ木ヨリコボルル。
光リコボルル。

明治四十五年七月、白秋は隣家の主婦松下俊子との姦通罪に問われ、市ヶ谷監獄に収監された。事件そのものは示談で免訴になったが、それが新聞で糾弾され、絶望のどん底に突き落とされた。さらに柳川の実家が破産するという不幸に見舞われた白秋は、結婚した俊子とともに家族を引き取って三浦半島の三崎に転居し、詩と生活の再生をはかった。

「薔薇二曲」はその転機を示す一篇で、「言葉の錬金術師」と呼ばれた華やかな修辞が影をひそめ、仏教的な諦観が前面に出ている。薔薇の木に薔薇の花が咲くことに何の不思議もないけれど、それにしてもこの美しさよ。そして、それをそのまま言葉にしただけのように見えるこの詩の何とも不思議な美しさよ。

きたはら・はくしゅう　明治十八年（一八八五）～昭和十七年（一九四二）。福岡県柳川市生まれ。詩集に『邪宗門』『思ひ出』『白金之独楽』、歌集に『桐の花』、童謡集に『トンボの眼玉』などがある。

冬が来た

高村光太郎

きつぱりと冬が来た
八つ手の白い花も消え
公孫樹の木も箒になつた

きりきりともみ込むやうな冬が来た
人にいやがられる冬
草木に背かれ、虫類に逃げられる冬が来た

冬よ

僕に来い、僕に来い
僕は冬の力、冬は僕の餌食だ

しみ透れ、つきぬけ
火事を出せ、雪で埋めろ
刃物のやうな冬が来た

高村光太郎はよほど冬が好きだったらしく、冬の詩をたくさん書いている。詩集『道程』には、この他にも「冬が来る」「冬の詩」があり、「道程以後」と呼ばれる詩群には「冬の言葉」「冬」がある。

この詩は、大好きな冬が来たよろこびを手放しにうたいあげたもので、語り口はいささか子供っぽいが、「公孫樹の木も箒に」「冬は僕の餌食」「刃物のやうな冬」といった比喩が語調を引き締めている。

たかむら・こうたろう　明治十六年（一八八三）～昭和三十一年（一九五六）。東京・下谷生まれ。詩集に『道程』『智恵子抄』『典型』などがある。

秋（あき）

尾崎喜八（おざききはち）

父よ、秋です、朝です、
あたらしい日光です。
山々がなんとまじめに、物思はしげに横（よこた）はり、
木々がなんと単純に落葉（おちば）してゐる事でせう。

旅びとの川が遠くから今朝着きました。
椋鳥（むくどり）の一群が今日はじめて野に散りました。
まるい、明るい粟（あは）の穂が
老いたる者のたなごころの上で鳴ります。

雁来紅(はげいとう)の赤い、村落の見える風景から、
あなたの青空の雲を逐(お)ひやらないで下さい。

すべての到着したものは此処(ここ)に滞在し、
古くから在(あ)るものはいよいよ処(ところ)を得るでせう。
豊かな形象にそれぞれ秩序の陰影をあたへ、
もつとも貧しい者をも
「在ること」の偉大で鼓舞して下さい。

わたしも今日は遠く行かず、
家をいで、立ちどまり、やがて帰り、
つねに周囲の空間を身に感じ、

深く目ざめて世界と共にあるでせう。

尾崎喜八は自然と人間への愛をうたいつづけた詩人である。青年時代には東京郊外で晴耕雨読の生活をしながら西欧の詩と音楽に親しみ、戦後は富士見高原に隠棲(いんせい)して理想主義を基調とする自然賛歌を書きつづけた。

第一連では、秋の到来のよろこびが「父」に告げられる。「父」は実在の父親ではなく、この世の父性的なるもの、広い意味での神や造物主と考えていいだろう。山々が「まじめに」「物思はしげに」横たわり、木々が「単純に」落葉しているといった表現に、自然を生命(いのち)あるものとしてとらえる尾崎の特徴がよく表れている。第二連では、明るく澄み切った大気のなかで秋の動植物がそれぞれの生を謳歌する風景が描かれ、第三連では、秋に旅する者たちがここに滞在し、それぞれに処を得ていくようすが報告される。そして最終連では、この大自然と調和して生きていこうという静かな決意が表明される。そこでは詩人もまた旅人なのである。

おざき・きはち　明治二十五年（一八九二）〜昭和四十九年（一九七四）。東京・京橋生まれ。詩集に『空と樹木』『旅と滞在』『田舎のモーツァルト』などがある。

朝(あさ)の歌(うた)

中原中也(なかはらちゅうや)

天井に　朱(あか)きいろいで
　戸の隙を　洩れ入る光、
鄙(ひな)びたる　軍楽[*1]の憶(おも)ひ
　手にてなす　なにごともなし。

小鳥らの　うたはきこえず
　空は今日　はなだ色[*2]らし、
倦(う)んじてし　人のこころを
　諫(いさ)めする　なにものもなし。

樹脂（じゅし）の香に　朝は悩まし
　うしなひし　さまざまのゆめ、
森並（もりなみ）は　風に鳴るかな

ひろごりて　たひらかの空、
　土手づたひ　きえてゆくかな
うつくしき　さまざまの夢。

朝めざめると、天井が赤く染まり、戸の隙間から明るい陽ざしが洩れている。昔聞いた軍楽のメロディが思い出される。自分には今、何もすることがない。ただじっと寝そべったまま樹脂の香を嗅ぎ、木立を吹く風の音を聞きながら、失った夢の数々を思い返している。青春の無為と倦怠（けんたい）を「朝」に託してうたった十四行詩（ソネット）の逸品。上田敏訳「春の朝」と対比して読めば、さらに味わいが深まるだろう。

なかはら・ちゅうや　明治四十年（一九〇七）～昭和十二年（一九三七）。山口市生まれ。詩集に『山羊の歌』『在りし日の歌』がある。

＊1　軍楽＝軍隊の士気を鼓舞するために演奏する音楽。金管楽器と打楽器が主体。

＊2　はなだ色＝薄い藍色。つゆくさ色。

春（はる）

安西冬衛（あんざいふゆえ）

てふてふが一匹韃靼（だったん）海峡*を渡って行った。

　北の海にも春が来て、蝶々（ちょうちょう）が一匹、韃靼海峡を渡って行った。意味からいえば、たったそれだけのことなのだが、ここにはあふれるような季節感と、したたるようなポエジーと、百行の長篇詩に匹敵するイメージの広がりがある。
　詩というものの奥深さを思い知らせる一行詩の絶唱。

あんざい・ふゆえ　明治三十一年（一八九八）〜昭和四十年（一九六五）。奈良市生まれ。詩集に『軍艦茉莉』『渇ける神』『亜細亜の鹹湖』などがある。

＊韃靼海峡＝アジア大陸とサハリン（樺太）との間の海峡。タタール海峡、間宮海峡ともいう。韃靼は蒙古民族の一種族タタールの古称。

六月（ろくがつ）

茨木（いばらぎ）のり子（こ）

どこかに美しい村はないか
一日の仕事の終りには一杯の黒麦酒（ビール）
鍬（くわ）を立てかけ　籠を置き
男も女も大きなジョッキをかたむける

どこかに美しい街はないか
食べられる実をつけた街路樹が
どこまでも続き　すみれいろした夕暮は
若者のやさしいさざめきで満ち満ちる

どこかに美しい人と人との力はないか
同じ時代をともに生きる
したしさとおかしさとそうして怒りが
鋭い力となって　たちあらわれる

この詩人には「わたしが一番きれいだったとき」という有名な詩がある。わたしが一番きれいだったときは戦争の時代で、街々はがらがらと崩れていき、まわりの人がたくさん死んだ。男たちは挙手の礼しか知らず、わたしはめっぽうさびしかった。だからフランスのルオー爺さんのように長生きすることに決めたという、重いけれども楽しい詩である。

ここには、その詩人が戦後に夢見た美しい共同体の理想がうたわれている。どことなく泰西名画を思わせる風景のなかに、新鮮な戦後民主主義の空気が感じられる。こんな美しい村や街に出会えるのは、おそらくこの詩の読者だけだろう。

いばらぎ・のりこ　70ページ参照。

哀しみのとき

落葉（らくよう）

上田（うえだ）敏（びん）（訳）　ヴェルレーヌ

秋の日の
ヴィオロン[*1]の
ためいきの
身にしみて
ひたぶるに[*2]
うら悲し。

鐘のおとに
胸ふたぎ[*3]

色かへて
涙ぐむ
過ぎし日の
おもひでや。

げにわれは[*4]
うらぶれて
こゝかしこ
さだめなく
とび散らふ
落葉かな。

人生のどこかでこの詩に出会って、悲しみに胸ふたぐ思いをした人は多いだろう。いつ、どこで、どのような境遇で読んでも、それぞれに身にしみる感慨を覚えさせてしまうところが、この詩の名詩たるゆえんである。

この詩を書いたとき、ヴェルレーヌは二十歳(はたち)そこそこの青年であり、この詩を訳したとき、上田敏は三十歳そこそこの東京帝大講師だった。そんな彼らが落葉にこと寄せて老残落魄(ろうざんらくはく)の悲しみをうたいあげたところに、この詩の世代を超えた人気の秘密があるといえそうだ。

同じ「落葉」でも題名は「らくよう」、最終行は「おちば」と読ませる。どちらも「おちば」でよさそうなものだが、敏が題名にわざわざ「らくえふ」とふりがなしたのは、和漢洋の三位一体(さんみいったい)を意識したからだとされている。

うえだ・びん　111ページ参照。

ポール・ヴェルレーヌ（一八四四〜一八九六）フランス象徴派の始祖。詩集に『艶(えん)なるうたげ』『言葉なき恋歌』『叡智(えいち)』などがある。

＊1　ヴィオロン＝ヴァイオリン。

＊2　ひたぶるに＝ひたすらに。『海潮音』初版では「したぶるに」。

＊3　胸ふたぎ＝ふた（塞）ぐは「ふさぐ」の雅語。

＊4　げに＝実に、まったく、ほんとうに。

空に真赤な

空に真赤な雲のいろ。
玻璃に真赤な酒のいろ。
なんでこの身が悲しかろ。
空に真赤な雲のいろ。

北原白秋

白秋は短歌や童謡もいいけれど、特にこのような小唄風の抒情小曲において「ことばの錬金術師」ぶりを発揮する。空には夕焼け雲、手元には葡萄酒（ぶどうしゅ）。何の不足もないはずなのに、なんでこんなに悲しいのだろう。白秋の詩はなんでこんなに泣かせるのだろう。

きたはら・はくしゅう　114ページ参照。

＊玻璃＝ガラス。ここではワイングラス。

汚(よご)れつちまつた悲(かな)しみに……

中原中也(なかはらちゆうや)

汚れつちまつた悲しみに
今日も小雪の降りかかる
汚れつちまつた悲しみに
今日も風さへ吹きすぎる

汚れつちまつた悲しみは
たとへば狐の革裘(かはごろも)＊1
汚れつちまつた悲しみは
小雪のかかつてちぢこまる

汚れつちまつた悲しみは
なにのぞむなくねがふなく
汚れつちまつた悲しみは
倦怠(けだい)[*2]のうちに死を夢む

汚れつちまつた悲しみに
いたいたしくも怖気(おぢけ)づき
汚れつちまつた悲しみに
なすところもなく日は暮れる……

日本の近代詩人のなかで最も人気が高いのは中原中也だといわれるが、中也の詩のなかで最も人気が高いのは、おそらくこの作品だろう。これを知らない人は日本人としてはモグリだといわれても仕方がない。

「汚れつちまつた悲しみ」の背後に、恋人長谷川泰子との別離を見る人もいるようだが、彼女が中也のもとを去ったのは五年も前のことだから、これはさすがに深読みというべきだろう。人間だれしも心の底に持っている生存の悲しみ、中也には特に強かった人生の寂寥感の表現だと考えて不都合はなさそうである。

親友の小林秀雄は「中原の心の中には、実に深い悲しみがあって、それは彼自身の手にも余るものであったと私は思っている。彼の驚くべき詩人たる天資も、これを手なづけるに足りなかった」（『中原中也の思ひ出』）と書いた。

中也の詩が身近に感じられるのは、ひょっとすると彼我の悲しみが心の中で共鳴するためなのかもしれない。

なかはら・ちゅうや　124ページ参照。

＊1　狐の革裘＝狐の腋（わき）の下の白毛でつくる皮衣で、古来極上品として珍重された。

＊2　倦怠＝「けんたい」を「けだい」と読ませるのは、七五の音数合わせに加えて、「けだるい」の意味を強調するためだと考えられる。

秋刀魚の歌

佐藤春夫

あはれ
秋風よ
情あらば伝へてよ
――男ありて
今日の夕餉に　ひとり
さんまを食ひて
思ひにふける　と。

さんま、さんま、

そが上に青き蜜柑(みかん)の酸(す)をしたたらせて
さんまを食ふはその男がふる里のならひなり。
そのならひをあやしみなつかしみて女は
いくたびか青き蜜柑をもぎて夕餉にむかひけむ。
あはれ、人に捨てられんとする人妻と
妻にそむかれたる男と食卓にむかへば、
愛うすき父を持ちし女の児(こ)は
小さき箸(はし)をあやつりなやみつつ
父ならぬ男にさんまの腸(はら)をくれむと言ふにあらずや。

あはれ
秋風よ

汝こそは見つらめ
世のつねならぬかの団欒を。
いかに
秋風よ
いとせめて
証せよ　かの一ときの団欒ゆめに非ずと。

あはれ
秋風よ
情あらば伝へてよ、
夫を失はざりし妻と
父を失はざりし幼児とに伝へてよ

——男ありて
今日の夕餉に　ひとり
さんまを食ひて
涙をながすと。

さんま、さんま、
さんま苦(にが)いか塩(しょ)つぱいか。
そが上に熱(あつ)き涙をしたたらせて
さんまを食ふはいづこの里のならひぞや
あはれ
げにそは問はまほしくをかし。

この詩の背景には、有名な文学史上の事件がある。「男」はもちろん佐藤春夫。「女」は谷崎潤一郎夫人千代。「女の児」は谷崎夫妻の長女鮎子（あゆこ）。当時、谷崎は千代を虐待することが多かった。後輩として足繁く谷崎邸に出入りしていた春夫は千代に同情し、同情はやがて愛に変わる。谷崎は一度は二人を許したが、まもなく翻意したため、春夫は潤一郎と絶交した。

この詩が発表されたのは、それから八か月後の大正十年十一月。春夫が潤一郎と和解し、晴れて千代との結婚が成立したのは、さらに十年後の昭和五年のことである。

秋風に託して、捨てられた男のつらい胸中をうたう。三人でなかよく食卓を囲んだこともあったのに、今はこうしてひとりでさんまを食うわびしさよ。秋風よ、せめてあの団欒(だんらん)は夢ではなかったといってくれ。なんともみじめでやるせないモノローグだが、この「——男ありて」の背後に『伊勢物語』に通じる文人意識が働いていることを見逃すわけにはいかない。自嘲するふりをしながら、詩人はけっこう楽しんでいるのである。

さとう・はるお 24ページ参照。

青春(せいしゅん)の健在(けんざい)

高見順(たかみじゅん)

電車が川崎駅にとまる
さわやかな朝の光のふりそそぐホームに
電車からどっと客が降りる
十月の
朝のラッシュアワー
ほかのホームも
ここで降りて学校へ行く中学生や
職場へ出勤する人々でいっぱいだ
むんむんと活気にあふれている

私はこのまま乗って行って病院にはいるのだ
ホームを急ぐ中学生たちはかつての私のように
昔ながらのかばんを肩からかけている
私の中学時代を見るおもいだ
私はこの川崎のコロムビア工場に
学校を出たてに一時つとめたことがある
私の若い日の姿がなつかしくよみがえる
ホームを行く眠そうな青年たちよ
君らはかつての私だ
私の青春そのままの若者たちよ
私の青春がいまホームにあふれているのだ
私は君らに手をさしのべて握手したくなった

なつかしさだけではない
遅刻すまいとブリッジを駆けのぼって行く
若い労働者たちよ
さようなら
君たちともう二度と会えないだろう
私は病院へガンの手術を受けに行くのだ
こうした朝　君たちに会えたことはうれしい
見知らぬ君たちだが
君たちが元気なのがとてもうれしい
青春はいつも健在なのだ
さようなら
もう発車だ　死へともう出発だ

さようなら
青春よ
青春はいつも元気だ
さようなら
私の青春よ

　五十六歳のとき食道癌に倒れた高見順は、それから二年、入退院を繰り返しながら日本近代文学館の創設に力を尽くし、詩集『死の淵より』に収められることになる詩を書き続けた。

この詩はおそらく何度目かの入院の朝、川崎駅のホームで車窓から見かけた若者たちの姿に自分の青春を重ね合わせ、ひそかに別れを告げたもので、若いころから死を見つめ続けてきた詩人の最期のメッセージともいうべき作品になっている。

私も昔は青年だったという人はもとより、いま青春のただなかにいる人たちも、襟を正して読むべき作品といえるだろう。

たかみ・じゅん　明治四十年（一九〇七）〜昭和四十年（一九六五）。福井県坂井市生まれ。詩集に『樹木派』『わが埋葬』『死の淵より』、小説に『故旧忘れ得べき』『如何なる星の下に』などがある。

生きるよろこび

雨(あめ)ニモマケズ

宮沢賢治(みやざわけんじ)

雨ニモマケズ
風ニモマケズ
雪ニモ夏ノ暑サニモマケヌ
丈夫(ヂヤウブ)ナカラダヲモチ
慾(ヨク)ハナク
決シテ瞋(イカ)ラズ
イツモシヅカニワラッテヰ(イ)ル
一日ニ玄米(ゲンマイ)四合ト
味噌(ミソ)ト少シノ野菜ヲタベ

アラユルコトヲ
ジブンヲカンヂャウニ入レズニ
ヨクミキキシワカリ
ソシテワスレズ
野原ノ松ノ林ノ蔭（カゲ）ノ
小サナ萓（カヤ）ブキノ小屋ニヰテ
東ニ病気ノコドモアレバ
行ッテ看病シテヤリ
西ニツカレタ母アレバ
行ッテソノ稲ノ束ヲ負ヒ
南ニ死ニサウナ人アレバ
行ッテコハガラナクテモイヽトイヒ

北ニケンクヮヤソショウガアレバ
ツマラナイカラヤメロトイヒ
ヒデリノトキハナミダヲナガシ
サムサノナツハオロオロアルキ
ミンナニデクノボートヨバレ
ホメラレモセズ
クニモサレズ
サウイフモノニ
ワタシハナリタイ

日本の学校で国語を学んだ人で、この詩を知らない人はいないだろう。日本語で書かれたあらゆる文学作品のなかで最も広く人口（じんこう）に膾炙（かいしゃ）した一篇といっていい。

しかし、賢治自身がこれを詩と考えていたかどうかは疑わしい。なぜならこれは病床で手帳に書きとめられた一種のメモであり、十一月三日（昭和六年）という日付だけで題名も記されていないからである。そういう作品が賢治のどの詩にもまして人々に愛されたのは、対句を多用したリズム感のよさもさることながら、日本人の多くが内心ひそかにあこがれている清貧の思想が述べられているからに違いない。

これが賢治の実践だと思うと立派すぎてついていけないが、「そういう人間になりたい」という願いだけなら、私のような凡俗でも持つことができる。

みやざわ・けんじ　明治二十九年（一八九六）～昭和八年（一九三三）。岩手県花巻市生まれ。詩集に『春と修羅』、童話集に『注文の多い料理店』がある。

一個の人間

武者小路実篤

自分は一個の人間でありたい。
誰にも利用されない
誰にも頭をさげない
一個の人間でありたい。
他人を利用したり
他人をいびつにしたりしない
そのかわり自分もいびつにされない
一個の人間でありたい。

自分の最も深い泉から
最も新鮮な
生命の泉をくみとる
一個の人間でありたい。

誰もが見て
これでこそ人間だと思う
一個の人間でありたい。
一個の人間は
一個の人間でいゝのではないか
一個の人間

○

独立人同志が
愛しあい、尊敬しあい、力をあわせる。
それは実に美しいことだ。
だが他人を利用して得をしようとするものは、いかに
醜いか。
その醜さを本当に知るものが一個の人間。

昭和十一年、実篤は欧米を旅行し、ドイツでナチスの党大会を見学したりした。この詩はアメリカから日本へ帰る船中で作られたもので、刊本によって多少の異同がある。旅行中に各地で民族的な差別を体験したらしく、「自分は一個の人間でありたい」というフレーズには、欧米人への強い反発が感じられる。人間の平等と個の尊厳を希求する作者の思いは、時代を超えて読む者の心にひびく。

むしゃのこうじ・さねあつ　明治十八年（一八八五）〜昭和五十一年（一九七六）。東京・麹町生まれ。詩集に『詩百篇』『無車詩集』『武者小路実篤詩集』などがある。

自分はいまこそ言はう

山村暮鳥

なんであんなにいそぐのだらう
どこまでゆかうとするのだらう
どこで此の道がつきるのだらう
此の生の一本みちがどこかでつきたら
人間はそこでどうなるだらう
おお此の道はどこまでも人間とともにつきないのでは
ないか
谿間をながれる泉のやうに
自分はいまこそ言はう

人生はのろさにあれ
のろのろと蝸牛（ででむし）*のやうであれ
そしてやすまず
一生に二どと通らぬみちなのだからつつしんで
自分は行かうと思ふと

暮鳥は初めイマジズム（写象主義）風の難解な詩を書いていたが、長男の死、キリスト教への懐疑など、さまざまな苦悩の末に、人道主義的なわかりやすい詩風に転じた。

これはその方向転換を象徴するような一篇で、かたつむりのようにゆっくりと、だが休まずに生きてゆこう、という決意が表明されている。

車を運転しながら携帯電話をかけているあなた、そんなに急いでどこへ行くんですか?

やまむら・ぼちょう 明治十七年(一八八四)~大正十三年(一九二四)。群馬県高崎市生まれ。詩集に『聖三稜玻璃(せいさんりょうはり)』『風は草木にささやいた』『雲』などがある。

*蝸牛=かたつむり、でんでんむし。

勧酒（かんしゅ）

井伏鱒二（いぶせますじ）（訳）　于武陵（うぶりょう）

コノサカヅキヲ受ケテクレ
ドウゾナミナミツガシテオクレ
ハナニアラシノタトヘモアルゾ
「サヨナラ」ダケガ人生ダ

小説家としての盛名のかげに隠れて、詩人井伏鱒二はあまり知られていないが、ユーモラスで機知に富んだ詩が多い。なかでも漢詩の和訳は完全な鱒二節になっていて、日本語の詩として楽しめる。

原詩は同題の五言絶句である。

勧君金屈巵
満酌不須辞
花発多風雨
人生足別離

普通に読み下せば「君に勧む金屈巵（黄金の把手のついた大盃）、満酌辞すべからず、花発けば風雨多し、人生別離に足る」とでもなるところを、鱒二は親友との別れを惜しむ男の科白に置き換えて、結句を「『サヨナラ』ダケガ人生ダ」と決めてみせた。別れの酒はほろ苦い。そして、人生もまた。

いぶせ・ますじ　明治三十一年（一八九八）～平成五年（一九九三）。広島県福山市生まれ。詩集に『厄除け詩集』、小説に『山椒魚』『ジョン万次郎漂流記』『黒い雨』などがある。

うぶりょう　中国唐代の詩人。詩集に『于武陵集』がある。

峠(とうげ)

真壁(まかべ) 仁(じん)

峠は決定をしいるところだ。
峠には訣別のためのあかるい憂愁がながれている。
峠路をのぼりつめたものは
のしかかってくる天碧(てんぺき)*に身をさらし
やがてそれを背にする。
風景はそこで綴じあっているが
ひとつをうしなうことなしに
別個の風景にはいってゆけない。
大きな喪失にたえてのみ

あたらしい世界がひらける。
峠にたつとき
すぎ来（こ）しみちはなつかしく
ひらけくるみちはたのしい。
みちはこたえない。
みちはかぎりなくさそうばかりだ。
峠のうえの空はあこがれのようにあまい。
たとえ行手がきまっていても
ひとはそこで
ひとつの世界にわかれねばならぬ。
そのおもいをうずめるため
たびびとはゆっくり小便をしたり

摘みくさをしたり
たばこをくゆらしたりして
見えるかぎりの風景を眼におさめる。

エッセイ「わが峠路」のなかで、真壁仁は書いている。

「この詩は、北海道の美幌(びほろ)峠に行った時のものだ。雷鳥の遊ぶ原始林を通りぬけると、白樺に熊笹の明るい林型があらわれ、峠路をのぼりつめたところは、風も光も鳥たちもわたる通路だった」

しかし、読者はこの峠を美幌峠に限定して考える必要はない。これはあなたが知っているあの峠であり、あなたが踏み越えてきた人生の峠である。
あの峠を越えてきたからこそ今の人生があるともいえるのだが、考えてみれば、峠道はまだ終わっていない。一服したら、またぼちぼち出かけましょうか。

まかべ・じん 明治四十年（一九〇七）～昭和五十九年（一九八四）。山形市生まれ。詩集に『日本の湿った風土について』『街の百姓』などがある。

＊天碧＝紺碧の空。

存在（そんざい）

新川和江（しんかわかずえ）

陽がさすと
どの子のうしろにも小さな影ができる
わたしのうしろにも
すこし大きい影が

そんな些細（ささい）なことにも
おどろかされる朝がある
わたしたちは
光と影のけじめに立つべく

この世におくられてきたのだ　と
すっくと　立たなければ…
胸を張って　歩かなければ…
ねえ
無心にはしゃぎ回っている子どもたち

コップに　コップの影がある
木の腰かけに　木の腰かけの影がある
これは些細なことなんかじゃなく
重大なことなのだと
きわめて神妙に考えこむ朝が　ある

朝は人を哲学者にする。ひと仕事終えて、ぼんやりと子供たちの遊ぶ姿を見ているときなどは特に。

ああ、人が存在するということは、光と影のけじめに立つということなのだ。コップにコップの影があり、腰かけに腰かけの影がある。そんな些細なことがとても重大なことに思われて、神妙に考え込んでしまったりすることが、あなたにもきっとあるはずだ。

考えても簡単に答が見つかるわけではないけれど、そのために言葉を手さぐりしているとき、あなたはきっと詩人である。

しんかわ・かずえ　78ページ参照。

なやめるS子に

坂村真民

だまされてよくなり
　悪くなってしまっては駄目
いじめられてよくなり
　いじけてしまっては駄目
ふまれておきあがり
　倒れてしまっては駄目
いつも心は燃えていよう
　消えてしまっては駄目
いつも瞳は澄んでいよう

濁（にご）ってしまっては駄目

悩める少女に送る励ましの言葉。奇数行は肯定の、偶数行は否定の励ましになっている。偶数行の二字下げになっているところに、前の行の前半部を補って読むとわかりやすい。

心に深い傷を負っている人には、多くの言葉を費やすよりも、このようにシンプルな言葉で励ますほうが効果的かもしれない。

さかむら・しんみん　明治四十二年（一九〇九）～平成十八年（二〇〇六）。熊本県荒尾市生まれ。詩集に『念ずれば花ひらく』『二度とない人生だから』などがある。

漂泊へのあこがれ

千曲川旅情の歌(ちくまがわりょじょうのうた)

島崎藤村(しまざきとうそん)

一

小諸(こもろ)なる古城*1のほとり
雲白く遊子(いうし)*2悲しむ
緑なす蘩蔞(はこべ)は萌えず
若草も藉(し)くによしなし*3
しろがねの衾(ふすま)の岡辺*4
日に溶けて淡雪(あわゆき)流る

あたゝかき光はあれど

野に満つる香(かをり)も知らず
浅くのみ春は霞みて
麦の色わづかに青し
旅人の群はいくつか
畠中(はたなか)の道を急ぎぬ

暮れ行けば浅間も見えず
歌哀し佐久の草笛[5]
千曲川いざよふ波の
岸近き宿にのぼりつ
濁り酒(にごり)濁れる飲みて[6]
草枕[7]しばし慰む

二

昨日またかくてありけり
今日もまたかくてありなむ
この命なにを齷齪（あくせく）[*8]
明日をのみ思ひわづらふ

いくたびか栄枯の夢[*9]の
消え残る谷に下りて
河波のいざよふ見れば
砂まじり水巻き帰る

嗚呼（ああ）古城なにをか語り
岸の波なにをか答ふ
過（いに）し世を静かに思へ
百年（もゝとせ）もきのふのごとし

千曲川柳霞みて
春浅く水流れたり
たゞひとり岩をめぐりて
この岸に愁（うれひ）を繋（つな）ぐ

藤村は明治三十二年四月に小諸義塾の教師になり、結婚して小諸城址(じょうし)に近い馬場裏に新居を構えた。

この詩はその翌年、一児の父となろうとするころの作で、仕事や家庭の重圧に対する反動としての漂泊へのあこがれがうたわれている。

「初恋」のころに見られた若々しいロマンチシズムが影をひそめ、人生のむなしさに耐えて生きる苦渋が前面に出ているが、これはあるいは当時愛読していた李白(りはく)や杜甫(とほ)の影響によるものかもしれない。

いずれにしろ、叙景と抒情と韻律が一体となって読者の旅情を誘ってやまない近代詩の絶唱である。二行ごとに区切って調子をつけながら読むと、朗読しやすく、また覚えやすい。

しまざき・とうそん 27ページ参照。

*1　小諸なる古城＝長野県小諸市にある城。武田信玄の軍師山本勘助の築城と伝えられる。現在は観光地として整備されているが、当時は荒城の趣があった。
*2　遊子＝旅人。ここでは家郷を離れて他郷にある人。
*3　藉くによしなし＝敷いて坐ろうにもそれだけの量がない。
*4　しろがねの衾の岡辺＝白銀の雪が積もって布団のようにこんもりと盛り上がった丘。
*5　佐久の草笛＝長野県佐久地方では藪萱草（やぶかんぞう）の葉を草笛にして吹くという。
*6　濁り酒＝どぶろく。ここでは粗末な安い酒。
*7　草枕＝旅の仮寝。
*8　齷齪＝こせこせしてゆとりのないこと。
*9　栄枯の夢＝栄枯盛衰、栄えたり衰えたりの歴史。千曲川は武田信玄と上杉謙信が数度にわたって戦った古戦場。

山(やま)のあなた

カール・ブッセ

上田敏(うえだびん)（訳）

山のあなた[*1]の空遠く
「幸(さいはひ)」住むと人のいふ。
噫(ああ)、われひとゝ尋(と)めゆきて[*2]、
涙さしぐみ[*3]、かへりきぬ。
山のあなたになほ遠く
「幸(さいはひ)」住むと人のいふ。

カール・ブッセは、この一篇の訳詩のおかげで、母国ドイツよりも日本で有名な詩人になった。「翻訳者は反逆者」ともいわれるが、上田敏は詩に新しい生命を吹き込む「再生者」だったのである。

山の向こうに「幸福の村」があるというので尋ねていったが、どうしても見つからず、泣きながら帰ってきた。それでもなお、あの山の向こうには幸せな世界があると、人々は語り伝えるのだ。

若山牧水（わかやまぼくすい）はこの詩に触発されて「幾山河越えさり行かば寂しさのはてなむ国ぞ今日も旅ゆく」という短歌を作ったという。

うえだ・びん 111ページ参照。

カール・ブッセ （一八七二〜一九一八）ドイツ新ロマン派の詩人。詩集に『詩集』がある。

＊1　山のあなた＝山の彼方（かなた）、向こう側。
＊2　尋めゆきて＝探しに行って。尋む（尋ねる、求める）は下二段活用の他動詞。
＊3　涙さしぐみ＝涙ぐんで。さしぐむ（差し含（ぐ）む）は四段活用の自動詞。

可怜小汀（うましをばま）

蒲原有明（かんばらありあけ）

ただすずろかに、[*1] いつしかと、
往（い）にしその日のおもはれて
歳月経（としつきへ）ぬる旅の空（そら）、
心はなほもあこがるる。

その日は海のゆふまぐれ、[*2]
船の舳先（へさき）を、おほどかに、[*3]
潮気（しほげ）に曇り寂（さび）しくも、
ひとり飛びゆく鷗鳥（かもめどり）。

歌をおもひて、言霊（ことだま）*4の
幸（さち）にたまたま遇（あ）ふがごと、
鷗よ、はじめ、汝（なれ）を見て、
ひそかに、われは驚（おどろ）きつ。

塵も染めざるその翼（つばさ）、
いざなひ引（ひ）けとうち慕ひ、
愁（うれひ）はさわぐ浪（なみ）の上、
われとわが身をかき擁（いだ）き、

「鷗よ、ゆくては遠からむ、

可怜小汀やいづかた」[*5]と、
こころままなる汝を恋ひ、
滅え去る影を惜みけり。

名残は尽きず、或夜また
夢に潮の立返り、
溢れ流るる海原の
その涯をしも尋めわびぬ。

「可怜小汀やいづかた」と、
問ひは問へども甲斐ぞなき、
八汐路隔つ灘の遠、

うつろの声のわびしくも。

鷗よ、あはれ、捲(ま)きかへす
往(い)にしその日の浪枕(なみまくら)、*6
夢の翼(つばさ)に誘(さそ)はれて、
いつまで揺(ゆら)ぐおもひなるらむ。

難解な象徴詩人として知られる有明も、若いころには、こんなロマンチックな詩を書いていた。「可怜小汀」を求めて気ままに波の上を飛んでゆく白い鷗にあこがれて、何度も夢に見たというのである。この「可怜小汀」がカール・ブッセ（上田敏訳）の「山のあなた」に通じていることはいうまでもない。

こういう文語の詩は、最初はとっつきにくいかもしれないが、繰り返し音読しているうちに、だんだん好きになってくる。

かんばら・ありあけ　明治八年（一八七五）～昭和二十七年（一九五二）。東京・麴町生まれ。詩集に『草わかば』『独絃哀歌』『春鳥集』『有明集』などがある。

＊1　すずろかに＝なんとなく。
＊2　ゆふまぐれ＝夕暮れ。まぐれは目暗。
＊3　おほどかに＝のんびりと、ゆったりと。
＊4　言霊＝言葉に内在する霊力。ここでは作歌の際のインスピレーション。
＊5　可怜小汀やいづかた＝可怜小汀（羽を休めるのに適した小さな渚）は何方（どこ）に。
＊6　浪枕＝船上での眠り。「草枕」の船旅版。

落葉松（からまつ）

北原白秋（きたはらはくしゅう）

一

からまつの林を過ぎて、
からまつをしみじみと見き。
からまつはさびしかりけり。
たびゆくはさびしかりけり。

二

からまつの林を出（い）でて、
からまつの林に入（い）りぬ。

からまつの林に入りて、
また細く道はつづけり。

三

からまつの林の奥も
わが通る道はありけり。
霧雨（きりさめ）のかかる道なり。
山風のかよふ道なり。

四

からまつの林の道は
われのみか、ひともかよひぬ。

ほそぼそと通ふ道なり。
さびさびといそぐ道なり。

白秋は大正十年(一九二一)の晩春から初夏にかけて軽井沢に滞在し、浅間山麓の落葉松林を散策した。この詩はそのときの所産とされている。

落葉松林を歩いているうちに落葉松と一体化して「さびしさ」を共有したという、ある意味では大変シンプルな詩だが、リフレーンを多用した文語七五調のリズム感と、日本人にはわかりやすい自然順応の精神がうけて、広く人々に愛誦されるようになった。

白秋は「読者よ、これらは声に出して歌ふべききはのものにあらず、ただ韻(ひびき)を韻とし、匂を匂とせよ」と注文をつけているが、その韻律や香りを味わうためには、やっぱり声に出して（ただし演歌風にならないように注意して）うたいたい。

なお、この詩は四行八連の長詩だが、ここでは前半の四連を掲出した。

きたはら・はくしゅう 114ページ参照。

旅上（りょじょう）

萩原朔太郎（はぎわらさくたろう）

ふらんすへ行きたしと思へども
ふらんすはあまりに遠し
せめては新しき背広をきて
きままなる旅にいでてみん。
汽車が山道をゆくとき
みづ（ず）いろの窓によりかかりて
われひとりうれしきことをおもはむ
五月の朝のしののめ[*1]
うら若草[*2]のもえいづる心まかせに。

「旅上」という日本語はない。少なくとも、この詩以前にはなかった。おそらく「旅に上る」（旅立ち）に「旅情」のニュアンスを含ませた朔太郎の造語だろう。ともかく、この詩は北原白秋主宰の詩誌「朱欒（ザンボア）」大正二年五月号に発表されて、詩人朔太郎の旅立ちを告げる作品となった。それから百十年、ふらんすは「新しき背広」の値段ぐらいで行ける国になったが、さりとて気ままに出かけられるほど近い国でもない。ふらんす旅行の夢がかなわぬときは、せめてこの詩を読んで、紙上の旅にいでてみよう。

はぎわら・さくたろう　94ページ参照。

＊1　しののめ＝明け方の薄暗い時刻。
＊2　うら若草＝うら若い草。みずみずしい若草。

言葉とあそぶ

地名論（ちめいろん）

大岡信（おおおかまこと）

水道管はうたえよ
御茶の水は流れて
鵠沼（くげぬま）に溜り
荻窪（おぎくぼ）に落ち
奥入瀬（おいらせ）で輝け
サッポロ
バルパライソ
トンブクトゥーは
耳の中で

雨垂れのように延びつづけよ
奇体にも懐かしい名前をもった
すべての土地の精霊よ
時間の列柱となって
おれを包んでくれ
おお　見知らぬ土地を限りなく
数えあげることは
どうして人をこのように
音楽の房でいっぱいにするのか
燃えあがるカーテンの上で
煙が風に
形をあたえるように

名前は土地に
波動をあたえる
土地の名前はたぶん
光でできている
外国なまりがベニスといえば
しらみの混ったベッドの下で
暗い水が囁くだけだが
おお　ヴェネーツィア
故郷を離れた赤毛の娘が
叫べば　みよ
広場の石に光が溢れ
風は鳩を受胎する

おお
それみよ
瀬田（せた）の唐橋
雪駄（せった）のからかさ
東京は
いつも
曇り

現代詩人は耳がよくなければつとまらないが、大岡信はことに耳のいい詩人で、その詩にはいつでも言葉の音楽があふれている。この詩はそうした詩人の特長を如実に示した作品で、地名論がそのまま地名交響楽になっている。

こういう詩を読むときは、「御茶の水はなぜ鵠沼にたまるのか」とか、「バルパライソやトンブクトゥーはどこにあるのか」といった「意味」にこだわらず、ひたすら言葉の音楽に耳を傾けること。そして音読するときは、赤毛の娘になったつもりで「おおヴェネーツィア」とうたいあげること。すると、みよ、壊れた水道管のようだった君の心にも奥入瀬の清流が満ちてくる……。

おおおか・まこと　昭和六年（一九三一）～平成二十九年（二〇一七）。静岡県三島市生まれ。詩集に『記憶と現在』『わが詩と真実』『透視図法――夏のための』などがある。

東京抒情

谷川俊太郎

杉並の袋小路で子供らがかくれんぼする
築地の格子戸の前で盛塩が溶けてゆく
東京は読み捨てられた漫画の一頁だ
亀戸（かめいど）の洋服屋の店先で蛍光灯がまたたく
多摩川の橋下でラジコンボートが沈没する

大久保の線路沿いに名も知れぬ野花が咲く
世田谷の生垣の間からバッハが聞える
青山のかまどの中でパンがふくらむ

東京はなまあたたかい大きな吐息だ
東雲(しののめ)の海のよどみに仔猫のむくろが浮く

国領(こくりょう)のブルドーザーが石鏃(やじり)を砕く

本郷の手術室で瞳孔が開き始める
小金井(こがねい)の校庭の鉄棒が西陽に輝いている
等々力(とどろき)の建売で蛇口が洩れつづける
東京は隠すのが下手なポーカーフェースだ

美しいものはみな嘘に近づいてゆく
誰もふりむかぬものこそ動かしがたい
私たちの魂が生み出した今日のすべて

六本木の硝子(ガラス)の奥で古い人形が空をみつめる
新宿のタクシー運転手がまた舌打ちをする

谷川俊太郎は慶應(けいおう)病院生まれの杉並育ちという、ちゃきちゃきの東京っ子である。都会的に洗練された詩風には定評があるが、「東京」そのものをテーマにした詩は意外に少ない。これはその数少ない一篇で、さまざまな街の風物や情景を織り込みながら昭和五十年代の「東京」を描き出している。

いずれもありふれた情景でありながら、いかにもその街ならではのものと思わせるところがこの詩人のすごいところで、叙景がそのまま甘美な抒情になっている。
あなたもひとつ、この詩にならって「わが街」を一行で表現してみませんか。

たにかわ・しゅんたろう　昭和六年（一九三一）〜令和六年（二〇二四）。東京・杉並生まれ。詩集に『二十億光年の孤独』『六十二のソネット』『ことばあそびうた』などがある。

自転車にのるクラリモンド

石原吉郎

自転車にのるクラリモンドよ
目をつぶれ
自転車にのるクラリモンドの
肩にのる白い記憶よ
目をつぶれ
クラリモンドの肩のうえの
記憶のなかのクラリモンドよ
目をつぶれ

目をつぶれ
シャワーのような
記憶のなかの
赤とみどりの
とんぼがえり
顔には耳が
手には指が
町には記憶が
ママレードには愛が

そうして目をつぶった
ものがたりがはじまった

自転車にのるクラリモンドの
自転車のうえのクラリモンド
幸福なクラリモンドの
幸福のなかのクラリモンド

そうして目をつぶった
ものがたりがはじまった
町には空が
空にはリボンが
リボンの下には
クラリモンドが

シベリア帰りの詩人石原吉郎は、ラーゲリ（強制収容所）体験をもとにした詩をたくさん書いた。そこには当然、暗くて重い詩が多いのだが、これは珍しく軽快な作品で、浮き立つようなリズム感がある。抑留中に見たサーカスの記憶は、この詩人にとっては数少ない楽しい思い出のひとつだったのだろう。

とはいえ、それもラーゲリ体験の一部であったことに変わりはない。たとえば「肩にのる白い記憶よ／目をつぶれ」といった命令形に、目をつぶって耐えるしかなかった詩人の苦渋を見てとることができる。

クラリモンドとともに目をつぶってこの詩を暗誦すれば、あなたにもきっと新しい「ものがたり」がはじまるだろう。

いしはら・よしろう　大正四年（一九一五）〜昭和五十二年（一九七七）。静岡県伊豆市生まれ。詩集に『サンチョ・パンサの帰郷』『水準原点』『礼節』などがある。

いやな唄（うた）

岩田（いわた） 宏（ひろし）

あさ八時
ゆうべの夢が
電車のドアにすべりこみ
ぼくらに歌ういやな唄
「ねむたいか　おい　ねむたいか
眠りたいのか　たくないか」
ああいやだ　おおいやだ
眠りたくても眠れない
眠れなくても眠りたい

無理なむすめ　むだな麦
こすい心と凍えた恋
四角なしきたり　海のウニ

ひるやすみ
むかしの恋が
借金取のきもの着て
ぼくらに歌ういやな唄
「忘れたか　おい　忘れたか
忘れたいのか　たくないか」
ああいやだ　おおいやだ
忘れたくても忘れない

忘れなくても忘れたい
無理なむすめ　むだな麦
こすい心と凍えた恋
四角なしきたり　海のウニ

ばん六時
あしたの風が
くらいやさしい手をのばし
ぼくらに歌ういやな唄
「夢みたか　おい　夢みたか
夢みたいのか　たくないか」
ああいやだ　おおいやだ

夢みたくても夢みない
夢みなくても夢みたい
無理な娘　むだな麦
こすい心と凍えた恋
四角いしきたり　海のウニ
海のウニ！

岩田宏は、こわい詩人である。次々に繰り出される地口、洒落、語呂合わせの類に口をあけて笑っていると、最後にぐさりと肺腑をえぐられる。そして一度この痛撃を食らうと、その詩は忘れたくても忘れられないものになる。
「いやな唄」は、日本という株式会社に勤める全サラリーマンのための応援歌である。眠い目をこすりながら今日も満員電車に乗っているあなた、ああいやだ、おおいやだ、夢みたくても見る夢がないと感じたら、とりあえずこの詩を唱(とな)えてみませんか。所詮、むだな麦とは思いますが……。

いわた・ひろし　昭和七年（一九三二）～平成二十六年（二〇一四）。北海道虻田郡生まれ。詩集に『独裁』『いやな唄』『頭脳の戦争』『グアンタナモ』などがある。

語彙集　第九章

中江俊夫

あんまも石もうとましく鉛筆折って
ああああ
泡
良い胃
飢え植え
うええうええウエー
王を
おおお
男

柿食う稽古
タタタ
立ち
つるみながら手向う遠さ
泣きだす
にわとり
ぬすっとねむく
脳の野の
歯はひからびて古くへんな星
まだ見ぬ昔の面倒な森
やあゆくよ　呼ぶな
らくらく漁師はるり色空のレースを櫓（ろ）でこぎ

わわわ
わわわわわわわわわん

詩は人生や現実の詩的な解釈のことだと思っている人は、これを読んで面食らうかもしれない。ここには人生の哲学もなければ現実に対する批判もない。ただ、詩とは言葉の運動によって創り出される空間のことだと考える詩人と、そうして作り出された言語空間が存在するだけである。

こういう詩を読むのに理屈や心構えはいらない。詩人が配置した語順にしたがって、声に出して読んでみるだけでいい。すると、これがアイウエオを教材にした日本語のレッスンだということがわかるだろう。そして「柿食う稽古」や「まだ見ぬ昔の面倒な森」のところでクスッと笑うことができれば、あなたはこの教室の優等生である。

なかえ・としお　昭和八年（一九三三）、福岡県久留米市生まれ。詩集に『魚のなかの時間』『暗星のうた』『語彙集』などがある。

ウソ

川崎洋（かわさきひろし）

ウソという鳥がいます
ウソではありません
ホントです
ホントという鳥はいませんが

ウソをつくと
エンマさまに舌を抜かれる
なんてウソ
まっかなウソ

ウソをつかない人はいない
というのはホントであり
ホントだ
というのはえてしてウソであり

冗談のようなホントがあり
涙ながらのウソがあって
なにがホントで
どれがウソやら

そこで私はいつも

水をすくう形に両手のひらを重ね
そっと息を吹きかけるのです
このあたたかさだけは
ウソではない　と
自分でうなずくために

この島の人間はみんなウソつきだと島民の一人が言った。さて彼の言ったことはウソかホントかという永遠の命題に、日本語の達人川崎洋が答を出した。自分の手に吹きかける息のあたたかさだけはウソではないと自分でうなずくことが、すなわちホントのことなのだと。

　この答に世界中の論理学者が満足するかどうかはわからないが、私のような正直な日本人にはよくわかる。そして私は、すべての会話を「ウッソー!」と「ホント?」の二語ですませようとする若い女性たちに、ぜひこの詩を覚えてもらいたいと思う。これはウソではありません。

かわさき・ひろし　昭和五年（一九三〇）～平成十六年（二〇〇四）。東京・大森生まれ。詩集に『はくちょう』『祝婚歌』『ビスケットの空カン』、エッセイ集に『嘘ばっかり』『感じる日本語』などがある。

見附(みつけ)のみどりに

荒川洋治(あらかわようじ)

まなざし青くひくく
江戸は改代町(かいたいちょう)への
みどりをすぎる

はるの見附*
個々のみどりよ
朝だから
深くは追わぬ
ただ

草は高くでゆれている

妹は
濠(ほり)ばたの
きよらなしげみにはしりこみ
白いうちももをかくす
葉さきのかぜのひとゆれがすむと
こらえていたちいさなしぶきの
すっかりかわいさのました音が
さわぐ葉陰をしばし
打つ

かけもどってくると
わたしのすがたがみえないのだ
なぜかもう
暗くなって
濠の波よせもきえ
女に向う肌の押しが
さやかに効いた草のみちだけは
うすくついている

夢をみればまた隠れあうこともできるが妹よ
江戸はさきごろおわったのだ
あれからのわたしは

遠く
ずいぶんと来た

いまわたしは、埼玉銀行新宿支店の白金(はっきん)のひかりをついてあるいている。ビルの破音。消えやすいその飛沫。口語の時代はさむい。葉陰のあのぬくもりを尾けてひとたび、打ちいでてみようか見附に。

江戸の名残をとどめる見附のみどりから現代文明の象徴ともい

うべき新宿駅前の白金のビルまで、詩人は遠くずいぶんと歩いてきた。そこにはもう「妹」のおしっこに象徴される情念のぬくもりはない。「口語の時代はさむい」のだ。そのことを確認してのち、荒川洋治はみずから「現代詩作家」と名乗るようになった。その意味で、ここには島崎藤村から荒川洋治まで、現代詩百年の歴史が集約されているといえる。

　時代はどんなにさむくても、そこに一篇の詩があるかぎり、人の心が凍えることはない、と信じたい。

あらかわ・ようじ　昭和二十四年（一九四九）、福井県坂井市生まれ。詩集に『娼婦論』『水駅』『あたらしいぞわたしは』『空中の茱萸（ぐみ）』などがある。

＊見附＝みつけ。江戸時代、城門の外側に設けられ、見張り番が通行人を監視した門。江戸城には内外郭合わせて三十六の見附があったといわれ、今も赤坂見附、四谷見附などにその名を残す。ここはおそらく市ヶ谷見附。

文庫版のためのあとがき

この選詩集は平成十四年（二〇〇二）十二月にＰＨＰ研究所から単行本として刊行された。しばらく絶版状態になっていたが、このたび角川春樹事務所のご厚意によりハルキ文庫の一冊として再版されることになった。

この二十数年の間に、時代も社会も大きく変化した。本書収録の詩人四十七人のうち、大岡信、茨木のり子、谷川俊太郎氏ら十人が新たに鬼籍に入り、現代詩の世界はずいぶんと寂しくなった。

しかし、時移り人は去っても、名詩だけは生き残る。詩を求める人々の心もまた消え去ることはない。第三次世界大戦前夜ともいわれる危機の時代にあって、詩への希求はさらに強まっているといえなくもない。本書はこうした危機の時代にあってなお詩心を失わない、やさしい読者のためのアンソロジーである。

再版にあたって大きな改編はおこなわなかった。ただ、若い読者にも読みやすいようにと漢字のルビを少し多くした。原典にないルビは（）で示されている。

今回もまた出版エージェント遊子堂の小畑祐三郎氏のお世話になった。ここに記して感謝の意を表したい。

二〇二五年一月

郷原　宏

初出詩集及び底本一覧

ひとを恋う心

与謝野寛　人を恋ふる歌　『鉄幹子』明34　『日本の詩歌4』中公文庫

堀口大學(訳)　ミラボー橋　『月下の一群』大14　『月下の一群』新潮文庫

佐藤春夫　少年の日　『殉情詩集』大10　島田謹二編『佐藤春夫詩集』新潮文庫

島崎藤村　初恋　『若菜集』明30　『藤村詩抄』岩波文庫

野田宇太郎　哀歌　『夜の蜩』昭41　『野田宇太郎全詩集』審美社

伊東静雄　わがひとに与ふる哀歌　『わがひとに与ふる哀歌』昭10

杉本秀太郎編『伊東静雄詩集』岩波文庫
伊藤　整　吹雪の街を　『雪明りの路』大15　復刻版『雪明りの路』日本近代文学館
三好達治　乳母車　『測量船』昭5　桑原武夫・大槻鉄男編『三好達治詩集』岩波文庫
黒田三郎　それは　『ひとりの女に』昭29　現代詩文庫『黒田三郎詩集』思潮社

伝えたい想い

与謝野晶子　君死にたまふことなかれ　『恋衣』明38　鹿野政直・香内信子編『与謝野晶子評論集』岩波文庫
石川啄木　ココアのひと匙　『呼子と口笛』明44　伊藤信吉編『石川啄木詩集』角川文庫
千家元麿　雁　『自分は見た』大7　『日本の詩歌13』中公文庫

中野重治　歌　『中野重治詩集』昭10　壺井繁治編『中野重治詩集』角川文庫

茨木のり子　自分の感受性くらい　『自分の感受性くらい』昭52　『おんなのことば』童話屋

高田敏子　橋　『月曜日の詩集』昭37　新川和江編『高田敏子詩集』花神社

新川和江　わたしを束ねないで　『比喩でなく』昭43　『新川和江全詩集』花神社

吉野弘　祝婚歌　『風が吹くと』昭52　現代詩文庫『続・吉野弘詩集』思潮社

石垣りん　表札　『表札など』昭43　現代詩文庫『石垣りん詩集』思潮社

吉原幸子　パンの話　『夏の墓』昭39　現代詩文庫『吉原幸子詩集』思潮社

心さびしい日に

萩原朔太郎　晩秋　『氷島』昭9　那珂太郎編『萩原朔太郎詩集』旺文社文庫

立原道造　のちのおもひに　『萱草に寄す』昭12　郷原宏編『立原道造詩集』旺文社文庫

伊東静雄　曠野の歌　『わがひとに与ふる哀歌』昭10　杉本秀太郎編『伊東静雄詩集』岩波文庫

黒田三郎　道　『失はれた墓碑銘』昭30　現代詩文庫『黒田三郎詩集』思潮社

季節のなかで

三好達治　甃のうへ　『測量船』昭5　桑原武夫・大槻鉄男編『三好達治詩集』岩波文庫

上田敏（訳）　春の朝　『海潮音』明38　上田敏訳詩集『海潮音』新潮文庫
北原白秋　薔薇二曲　『白金之独楽』大3　『日本の詩歌9』中公文庫
高村光太郎　冬が来た　『道程』大3　『高村光太郎詩集』岩波文庫
尾崎喜八　秋　『旅と滞在』昭8　『日本の詩歌17』中公文庫
中原中也　朝の歌　『山羊の歌』昭9　大岡昇平編『中原中也詩集』岩波文庫
安西冬衛　春　『軍艦茉莉』昭4　『日本の詩歌25』中公文庫
茨木のり子　六月　『見えない配達夫』昭33　現代詩文庫『茨木のり子詩集』思潮社

哀しみのとき

上田敏（訳）　落葉　『海潮音』明38　上田敏訳詩集『海潮音』新潮文庫

北原白秋　空に真赤な　『邪宗門』明42　『白秋抒情詩抄』岩波文庫
中原中也　汚れつちまつた悲しみに……　『山羊の歌』昭9　大岡昇平編『中原中也詩集』岩波文庫
佐藤春夫　秋刀魚の歌　『我が一九二二年』大12　島田謹二編『佐藤春夫詩集』新潮文庫
高見　順　青春の健在　『死の淵より』昭39　『死の淵より』講談社文芸文庫

生きるよろこび

宮沢賢治　雨ニモマケズ　「補遺詩篇」昭6　天沢退二郎編『新編宮沢賢治詩集』新潮文庫
武者小路実篤　一個の人間　『無車詩集』昭16　亀井勝一郎編『武者小路実篤詩集』新潮文庫
山村暮鳥　自分はいまこそ言はう　『風は草木にささやいた』大7

『日本の詩　山村暮鳥』ほるぷ出版
井伏鱒二（訳）　勧酒　『厄除け詩集』昭12　『厄除け詩集』講談社文芸文庫
真壁 仁　峠　『日本の湿った風土について』昭33　日本現代詩文庫『真壁仁詩集』土曜美術社
新川和江　存在　『春とおないどし』平3　花神社
坂村真民　なやめるS子に　『花ひらく心ひらく道ひらく』平13　講談社

漂泊へのあこがれ

島崎藤村　千曲川旅情の歌　『落梅集』明34　『藤村詩抄』岩波文庫
上田 敏（訳）　山のあなた　『海潮音』明38　上田敏訳詩集『海潮音』新潮文庫
蒲原有明　可怜小汀　『草わかば』明35　矢野峰人編『蒲原有明詩集』

新潮文庫
北原白秋　落葉松　『水墨集』大12　『白秋詩抄』岩波文庫
萩原朔太郎　旅上　『純情小曲集』大14　三好達治選『萩原朔太郎詩集』
岩波文庫

言葉とあそぶ

大岡　信　地名論　『大岡信詩集』昭43　現代詩文庫『大岡信詩集』思
潮社
谷川俊太郎　東京抒情　『そのほかに』昭54　現代詩文庫『続・谷川
俊太郎詩集』思潮社
石原吉郎　自転車にのるクラリモンド　『サンチョ・パンサの帰郷』
昭38　現代詩文庫『石原吉郎詩集』思潮社
岩田　宏　いやな唄　『いやな唄』昭34　現代詩文庫『岩田宏詩集』思
潮社

中江俊夫　語彙集　第九章　『語彙集』昭47　現代詩文庫『中江俊夫詩集』思潮社
川崎　洋　ウソ　『象』昭51　現代詩文庫『続・川崎洋詩集』思潮社
荒川洋治　見附のみどりに　『水駅』昭50　現代詩文庫『荒川洋治詩集』思潮社

（詩集には単行詩集のほかに個人全集、文学全集、名詩選など各種の刊本がありますが、ここでは読者の便宜を考えて、なるべく安価で手に入れやすい版を底本にしました。ただし現在は絶版になっているものもあります。文庫化にあたり、詩作者様のうち連絡先が不明な方がおふたりいらっしゃいます。お心当たりのある方は、お手数ながら、奥付に記載の弊社編集部までご連絡をいただけますようお願い申し上げます）

編集協力——遊子堂

本書は二〇〇二年十二月にＰＨＰ研究所から
刊行され、訂正等を加えたものです。

ふと口ずさみたくなる日本の名詩

選著 郷原 宏

2025年2月18日第一刷発行

発行者 角川春樹

発行所 株式会社角川春樹事務所
〒102-0074 東京都千代田区九段南2-1-30 イタリア文化会館

電話 03(3263)5247(編集)
03(3263)5881(営業)

印刷・製本 中央精版印刷株式会社

フォーマット・デザイン 芦澤泰偉
表紙イラストレーション 門坂 流

ISBN978-4-7584-4693-8 C0192 ©2025 Gohara Hiroshi Printed in Japan
http://www.kadokawaharuki.co.jp/ [営業]
fanmail@kadokawaharuki.co.jp [編集] ご意見・ご感想をお寄せください。